La jalousie

La vie de famille

Des repères pour bien vivre avec vos enfants

Edwige Antier, *L'agressivité.*
Sylvianne Bonnot-Matheron, *L'appétit.*
Danièle Brun, *Le corps.*
Hélène Brunschwig, *Le sommeil.*
Marie-Bernard Chicaud, *La confiance en soi.*
Danielle Dalloz, *La jalousie.*
Danielle Dalloz, *Le mensonge.*
Marie-Hélène Encrevé-Lambert, *La mort.*
Emmanuelle Rigon, *La propreté.*
Emmanuelle Rigon, *Le désordre.*
Michelle Rouyer, *La sexualité.*
Catherine Saladin-Grizivatz, *L'autorité.*
Serge Tisseron, *Les images* (à paraître).

Danielle Dalloz

avec Véronique Rolland

La jalousie

Bayard

Avec la collaboration éditoriale
de Laure Saint-Marc

ISBN 2-227-47298-7

3 et 5, rue Bayard, 75008 Paris.

À mon mari,
nos filles,
mes belles-filles et beaux-fils.

Introduction

Être enfin ce que nous sommes,
C'est notre mission, en somme.
Il faut devenir un homme,
Non seulement le paraître.

ROLAND BOUCHEZ

Comment parler de la jalousie qui, bien qu'universelle, revêt de multiples facettes ? Évidente dans certaines situations, provocante ou criante chez certains enfants, elle emprunte toutes sortes de chemins détournés pour se manifester.

Mais au fond, qu'est-ce que la jalousie ? Bossuet la définissait comme « une passion sans partage ». Or, quoi de plus naturel que la passion du jeune enfant pour ses parents ? Quoi de plus déroutant pour lui que de devoir partager cet amour avec d'autres ? Quoi de plus compréhensible que la peur d'être moins aimé à la naissance d'un frère ou d'une sœur, par exemple ? De tels sentiments sont légitimes. Aucun de nous ne peut s'y opposer. Pourtant, la jalousie peut être dépassée. Même si, comme devant tout sentiment complexe et qui, de surcroît, nous surprend, nous sommes souvent démunis et nous ne savons comment l'aborder.

Chacun vit la jalousie à sa façon. Aussi, plutôt que d'en parler de façon générale et de donner des astuces pour s'arranger avec elle, j'ai choisi de l'éclairer par des histoires particulières : celles d'enfants et de parents qui sont venus me voir parce qu'une instabilité caractérielle, des troubles du sommeil, des maladies ou encore un échec scolaire perturbaient leur vie de famille. Autant de difficultés qui se sont révélées être des expressions de la jalousie de l'enfant à l'égard d'un autre membre du foyer.

Chaque histoire est unique puisque nous sommes tous des êtres uniques, nés de parents uniques, eux-mêmes éduqués par des parents uniques. Mais, parce que nous sommes tous aussi des êtres humains, et parce que la jalousie est présente dans toutes les familles sans exception, l'histoire des autres peut nous éclairer sur la nôtre.

J'ajoute que les enfants dont les histoires sont citées ne sont nullement des « cas » – au sens où ils présenteraient une pathologie. Ils sont arrivés jusqu'à moi comme ils arrivent jusqu'à vous dans ce livre : parce que leurs parents, fatigués, soucieux ou déroutés, ont décidé de les aider.

Vous aider, vous aussi, à prévenir les difficultés ou à les cerner pour mieux les accompagner est le but de cet ouvrage. La jalousie peut être comprise et dépassée par nous tous. Cette première expérience est importante, car la jalousie ressurgit tout au long de la vie. Mais si elle a été surmontée dans l'enfance, elle sera mieux vécue par la suite.

Naturellement, j'ai respecté l'anonymat des familles et des enfants dont je mentionne les histoires. Mon souhait est que ces différents récits servent d'assise à votre réflexion de parent, vous éclairent dans votre cheminement personnel avec votre enfant. Le moment de la consultation où chacun se révèle à travers le dialogue est toujours émouvant et incite au respect. Je souhaite que ce texte en soit le témoignage.

1

Un sentiment naturel

« Je ne supporterais pas que mes enfants soient jaloux ! » Ce type de discours est fréquent de la part des parents. Mais comment peut-on s'opposer à la jalousie ? Ou, plutôt, jusqu'où peut-on la nier ?

La jalousie est un sentiment naturel qui a besoin de s'exprimer. Ce n'est donc ni « mal », ni « méchant » d'être jaloux. Les histoires que je vais vous raconter montrent qu'il est normal que votre enfant manifeste sa jalousie. Pour vous, ce sera l'occasion de le rassurer sur l'amour que vous lui portez.

Oui, la jalousie existe

Raphaël a cinq ans quand ses parents me consultent sur le conseil du médecin de famille, qui ne vient pas à bout d'un eczéma installé depuis bientôt trois ans. Naturellement, cet eczéma fait souffrir Raphaël, l'empêche de bien dormir, le rend « irritable ». Ses parents me signalent aussi qu'il est assez timide et mal à l'aise à l'école, même si l'adaptation à la maternelle s'est bien passée et si tout s'y déroule normalement.

On ne peut pas éviter la jalousie

La mère : Raphaël est naturellement généreux. Son petit frère Joseph, deux ans, est beaucoup plus difficile. Il ne parle pas encore, et c'est déjà un tyran ! Raphaël lui cède tout, il est d'une gentillesse rare. Je l'admire et je le félicite souvent, d'ailleurs.

D. D. : *Vous le félicitez d'être gentil avec son petit frère quelles que soient les circonstances...*

– Oui. Vous savez, moi, j'ai beaucoup souffert de l'attitude de mes frères et sœurs. Je suis la petite dernière de cinq enfants, inattendue, j'ai dix ans d'écart avec les autres, et les quatre aînés sont allés en pension à tour de rôle parce que ma mère avait besoin d'être soulagée pour s'occuper de moi. C'est surtout l'aîné qui m'a jalousée. Comme il est mort accidentellement, j'ai donné son prénom à mon fils, Raphaël, en souvenir.

– *Vous craignez beaucoup la jalousie ?*

– J'ai tout fait pour que Raphaël ne soit pas jaloux de Joseph. Je veille à ce qu'il aime son petit frère. D'ailleurs, il ne manifeste pas de jalousie, et je suis sûre qu'il est sincère.

– *Vous-même, avez-vous éprouvé de la jalousie ?*

– Je ne sais pas. J'ai souffert du mépris des aînés à mon égard. Oui, j'ai peut-être jalousé leur autonomie, maman me collait... Je ne suis jamais allée en pension, alors que j'aurais voulu faire comme les autres. Et puis, ils m'appelaient « pourrie-gâtée ». Heureusement, j'ai fait de bonnes études, une école de commerce à l'autre bout de la France ! Et, là, j'ai enfin commencé à vivre !

– Vous voyez, il n'est pas possible d'éviter la jalousie, mais on peut la dépasser. Et vous, Monsieur, vous craignez beaucoup la jalousie, vous aussi ?

Le père : Quand ma femme s'efforce d'écarter la jalousie de chez nous, je me sens très fautif. Car, moi, je suis l'aîné de quatre enfants et j'ai été très jaloux. Je ne me gênais pas pour l'exprimer ! J'étais terrible avec mes frères et sœurs ! Mon père me disait : « Si tu n'es pas content, va donc en pension ! » Précisément, je n'étais pas content, et je me vengeais sans arrêt, je revendiquais. Ça a duré jusqu'à l'adolescence. Là, j'ai découvert l'équitation : une passion qui m'appartenait. Mes parents m'ont encouragé. Ça a complètement changé mes relations avec la famille !

– Vous disiez que la volonté de votre femme de ne pas laisser la jalousie s'insinuer dans votre famille vous a culpabilisé ?

– Ma souffrance d'enfant jaloux, j'essaie, moi aussi, de l'éviter à Raphaël.

– Comment vous y prenez-vous ?

– Chaque soir, je rapporte un cadeau semblable à mes deux fils pour leur montrer que je les aime autant l'un que l'autre.

– Ah ? Comment réussissez-vous cet exploit, puisque Raphaël et Joseph n'ont pas du tout le même âge ?

– J'ai trouvé un truc sans problème : des gourmandises.

– Vous avez une raison particulière d'avoir choisi les gourmandises ?

– Oui ! Nous n'y avions pas droit quand nous étions enfants !

Une expérience nécessaire

Je comprends grâce à cet entretien que les parents de Raphaël essaient, chacun à sa manière, de « panser » les blessures de leur propre enfance. Quand ils font des pieds et des mains pour que leur fils ne soit pas jaloux, ce sont les enfants en eux qui continuent de souffrir de certaines privations et qui cherchent à apaiser cette angoisse à travers Raphaël.

Comme nous tous, ils construisent leur famille en fonction des relations qu'ils avaient avec leurs parents et leurs frères et sœurs. Mais, en voulant protéger Raphaël d'un sentiment encore douloureux pour eux, ils lui interdisent d'exprimer sa jalousie.

Quand c'est le corps qui parle

Raphaël a du mal à exprimer ses émotions. Il pense peut-être qu'il peut les faire disparaître en les taisant. Pourtant, malgré lui, sa jalousie ressurgit sous la forme d'un eczéma – symptôme plutôt inattendu –, comme si elle devait inévitablement se manifester d'une manière ou d'une autre.

Il y a différentes sortes d'eczéma. Certains se soignent très bien par la médecine ou par des précautions particulières (c'est le cas des eczémas de contact). D'autres résistent, comme si le corps tenait absolument à ce qu'il exprime en suintant, en démangeant, en dérangeant l'enfant et avec lui toute sa famille. L'eczéma de Raphaël appartient certainement à cette deuxième catégorie. Son corps cherche à faire passer un message que l'enfant lui-même ne pourrait pas communiquer par la parole. Mais qu'est-ce que Raphaël cherche ainsi à dire ? Et pourquoi ne peut-il l'exprimer autrement que par son corps ?

Raphaël est timide. Face à moi, il reste collé à sa mère. Pour répondre à mes questions, il chuchote à son oreille sans me regarder, et quand je lui propose de faire un dessin qui représentera sa famille, il refuse tout net.

Il préfère dessiner une maison ? Soit ! Drôle de maison, à vrai dire : sans portes ni fenêtres, un hublot dans le toit, trois étoiles d'un côté et de l'autre une toute seule, trois oiseaux ensemble et un tout seul.

D. D. : *Dis-moi, Raphaël, si c'était une famille Étoile, ce serait qui ?*

Raphaël murmure à l'oreille de sa mère qui répète :

– Ce serait le petit frère, papa, maman, et là-bas le grand frère.

– Dis-moi, Raphaël, si c'était une famille Oiseau, ce serait qui ?

Raphaël répond, toujours par l'intermédiaire de sa mère :

– Ce serait le petit frère oiseau, papa, maman, et le grand frère là-bas.

– Comme il a peur de parler, le grand frère ! Il a peut-être peur de fâcher son papa et sa maman s'il dit sa colère d'avoir un petit frère ? Ça serait pourtant normal d'être en colère, et je crois que ça ne fâcherait pas ton papa et ta maman de la famille Étoile ou de la famille Oiseau.

« Toi, tu fais ta vie de cinq ans »

Raphaël regarde avec inquiétude sa mère, qui sourit et explique :

– Mme Dalloz nous a expliqué qu'il est normal d'être jaloux au début de la vie. Comme ton père quand il était petit. Et moi, j'ai eu peur que tu sois jaloux parce que mon frère aîné a été très jaloux de moi.

– Tu as peut-être imaginé que ton petit frère allait prendre ta place, quand il est né ?

– Mais nous avons de la place pour aimer beaucoup d'enfants !

Raphaël ne fait aucun commentaire. Il prend de la pâte à modeler pour donner forme à une montagne. Montagne qu'il coupe ensuite en petits morceaux. De quoi avait-il « fait une montagne » ? Qu'est-il en train de casser ?

Raphaël : J'aime pas Joseph. Il faut toujours tout lui donner pour faire plaisir à maman. Il m'embête tout le temps.

D. D. : *Je comprends. Toi, tu as des jeux de cinq ans. Joseph, à deux ans, il peut seulement tout démolir comme tous les enfants de deux ans. Heureusement, tu as des amis de ton âge !*

– C'est vrai que j'ai le droit de pas aimer Joseph ?

– Bien sûr. Ce qui est important, entre frères, c'est de se respecter. Respecter Joseph dans sa vie de deux ans. Et toi, tu fais ta vie de cinq ans.

– J'ai rêvé d'un requin. Il mangeait Joseph, et pas moi.

– Tu voudrais que Joseph disparaisse ?

– Pas vraiment, mais un peu...

– Tu voudrais, mais ce n'est pas possible. Vos parents vous ont donné la vie à tous les deux, et vous allez faire votre vie chacun à votre manière. La meilleure vie possible. Ce n'est pas grave si tu n'aimes pas ton frère : les frères et sœurs ne se marient pas ensemble. C'est interdit.

Quelque temps après cet entretien, les parents de Raphaël me donnent de ses nouvelles : il va bien, il est gai, l'eczéma se résorbe. Cependant, le symptôme revient aux vacances suivantes, et

Raphaël veut revenir me voir. Il me demande si j'ai bien compris ce qu'il m'a dit, si j'ai bien saisi que : « Joseph est drôlement embêtant ! Il répète toujours les mêmes choses dans mes oreilles ! Il m'embête ! Il est bête ! »

Si l'eczéma était revenu, c'est que Raphaël n'en avait pas encore fini avec ses émotions. Il hésitait toujours un peu à les nommer par crainte de fâcher son père et sa mère et de perdre ainsi la sécurité indispensable qu'apportent les parents à l'enfant. Mais un an, c'est bien court pour exprimer pleinement une jalousie censurée si longtemps…

La jalousie, est-ce la faute des parents ?

Comme les parents de Raphaël, ceux de Dorian, cinq ans, craignent la jalousie, l'obligeant ainsi à garder pour lui un sentiment douloureux. Alors, bien évidemment, la jalousie prend d'autres chemins pour se manifester.

Depuis la naissance de son jeune frère, Dorian s'oppose en tout à sa mère, boude, s'entête, ne fléchit devant aucune punition, rend la vie impossible à sa famille. Les colères se succèdent. Il tape et houspille ses trois sœurs aînées jusqu'à ce qu'elles l'envoient promener. Mais ce qui a décidé les parents à consulter, c'est que Dorian refuse d'aller aux toilettes. Les bras croisés, il toise du haut de ses cinq ans ses parents et fait dans sa culotte. Il arrose aussi de son pipi les affaires des uns et des autres.

Quelle belle énergie met Dorian à tirer le signal d'alarme ! Quelle question pose-t-il donc à ses parents en se rendant exaspérant et, globalement, en recherchant le rejet ?

La première fois que je le reçois, Dorian reste figé sur sa chaise, les bras croisés, fuyant obstinément mon regard, refusant de me dire bonjour et de participer à toute activité. Sa mère me prévient qu'il ne voulait pas venir.

Je m'entretiens d'abord avec ses parents seuls et leur demande de me raconter les circonstances de la naissance de Dorian, ainsi que leur propre histoire. Les pièces du puzzle se mettent lentement en place.

« Remplacé » par le petit dernier

La naissance de Dorian a été très fêtée parce qu'il était le premier garçon, venu après trois filles. Mais, deux ans plus tard, ont suivi un temps de deuil pour la mère et une période de chômage pour le père. Dorian semble avoir vécu comme un abandon le fait que ses parents, préoccupés et soucieux, se soient quelque peu détournés de lui après l'avoir tant adoré, et il s'imagine peut-être être la cause des ennuis de ses parents.

Quand les parents de Dorian ont refait surface, celui-ci s'est trouvé confronté à une nouvelle épreuve : l'arrivée d'un petit frère. Non seulement il avait été écarté par ses parents – du moins dans son esprit –, mais voilà qu'il se trouvait « remplacé ». Sans compter que, détrôné de la place de « petit dernier » et de seul garçon, Dorian était aussi prié de grandir rapidement, d'où les lenteurs et l'inertie qu'il oppose maintenant à ses parents.

Un passage douloureux

Toutes ces difficultés ne sont pas simples à surmonter pour un enfant de cinq ans, d'autant plus que ses parents ont du mal à faire face à la jalousie. En effet, j'apprends de leur bouche au cours de l'entretien que ce sentiment leur rappelle à tous les deux un passé assez douloureux. En fait, tout deux sont convaincus que la jalousie, c'est la faute des parents, que ce sont eux qui la provoquent par manque d'équité. Aussi déploient-ils tous leurs efforts pour interdire l'entrée de la jalousie dans leur foyer. Comment ? En s'efforçant d'être « justes ». Résultat : ils ne cessent d'être injustes. Vouloir faire croire que tout est semblable alors que tout n'est que différence conduit forcément à cette impasse.

Et, à sa façon, Dorian, qui a craint que Nicolas ne vienne le remplacer, pose à ses parents la question essentielle : « Si je suis jaloux, je suis forcément rejeté par mes parents, et j'en deviens d'autant plus jaloux. Alors, la jalousie, c'est la faute de qui ? La faute des enfants ou la faute des parents ? »

La jalousie, ce n'est la faute de personne. Il s'agit d'un sentiment originel, d'un chemin obligatoire pour tout être humain exposé à rencontrer l'autre. Ce sera le chemin de Dorian.

Le besoin d'être valorisé

Lorsque Dorian cherche à provoquer la colère de ses parents, il questionne l'amour qu'on lui porte depuis la naissance de Nicolas. Il tente aussi de retrouver dans le regard de son père et de sa mère une bonne image de lui. Il a besoin de leur aide pour sortir de cette spirale de rejet.

Face à Dorian, j'ai valorisé l'opposition, le conflit systématique qu'on lui reproche tant à la maison :

– *Tu ne voulais pas venir, m'a dit ta mère ? Je te félicite. Tu as le droit de dire non.* (Il me regarde, l'air stupéfait.) *Je vais parler seule avec ta mère. Nous allons parler de toi, de tes soucis. Si j'ai des choses à te dire, je viendrai ici, en salle d'attente, te demander si tu veux que je t'en parle. C'est toi qui décideras.*

Un quart d'heure plus tard, je suis allée lui proposer de venir nous rejoindre. Il est venu ! Mais... il a refusé de prendre une chaise, et il s'est assis sur les genoux de sa mère. Là, je lui ai fait le récit de son histoire : l'allégresse de ses parents à sa naissance, puis le deuil, le chômage... et la naissance de Nicolas.

Quand j'ai évoqué cet événement, Dorian s'est mordu la lèvre inférieure. J'ai interprété cette mimique (en sachant parfaitement où j'allais, bien sûr, puisque j'avais désormais suffisamment d'éléments en main) :

– Je comprends, Dorian. Te mordre la lèvre, c'est peut-être le seul moyen que tu as trouvé pour ne pas dire combien tu es jaloux de Nicolas ? Tu ne sais pas – et tes parents ne le savaient pas non plus – qu'il est normal d'être jaloux au début de la vie. Alors, peut-être te fais-tu mal à la bouche pour ne pas dire ta peur et ta colère à l'égard de Nicolas depuis sa naissance ? Ça rend très malheureux d'être jaloux. Nous pourrons en parler d'autres fois.

La crainte d'être rejeté qu'éprouve Dorian, tous les enfants la connaissent un jour ou l'autre. Parce qu'ils ne savent pas encore que l'amour de leurs parents se partage, ils ont besoin d'être rassurés. Ils ont besoin qu'on leur dise qu'on les aime toujours autant, quoi qu'il arrive.

Une souffrance

Tout comme Raphaël, Laurent, huit ans, m'est envoyé par un médecin. En dépit de son jeune âge, il souffre d'un ulcère à l'estomac. Aucun médicament ne le soulage efficacement. Par ailleurs, à la maison, Laurent déroute ses parents : il boude beaucoup, joue les durs insensibles, mais pleure souvent et fait des cauchemars après avoir regardé la télévision, même un dessin animé. Lors d'un entretien, je découvre quelle violence extraordinaire se développe dans l'imaginaire de cet enfant :

– Je vais te dire tout ce que je pense dans ma tête et que je peux pas dormir, tellement ça me fait mal au ventre. Tu vois, je pense à la maison de Dracula : une maison avec un toit qui mord, avec des têtes ensanglantées dessus ; la porte, elle est pleine de sang, elle brûle quand on rentre. Il n'y a pas de fenêtres à cette maison. Il y a des pics avec trois oiseaux plantés dessus et un arbre-bandit qui mange tous ceux qui arrivent. Si quelqu'un arrive à passer quand même, eh ben, un animal monstrueux lui crache du feu dessus. Pour aller dans cette maison, il y a un faux bus. Les gens croient qu'ils vont à l'opéra, en fait, le conducteur il les mange dès qu'ils montent.

Laurent a pris un plaisir évident à décrire cette horrible saynète imaginaire. Il conclut :

– Tu vois comme je suis méchant. Toute la journée je ne pense que des choses comme ça. Ça me fait mal au ventre.

– Quelle force tu as ! Il y a beaucoup de colère en toi. Et tu crois que tu es méchant parce que, pour toi, être en colère, c'est être méchant. Tu crois que ce n'est pas permis ?

– Oui, je garde tout dans ma tête. Mes parents, ils disent que je boude tout le temps.

– Peut-être que tu ne parles pas parce que tu retiens tes colères pour ne pas faire de la peine à quelqu'un ?

– Ils vont penser que je suis méchant, et c'est vrai.

La jalousie, c'est normal

Au fil des entretiens, Laurent me parle de son frère aîné et de sa sœur cadette. Quand je lui demande s'il est jaloux d'eux, il me répond :

– Non, je ne suis pas jaloux. Je suis méchant. Maman dit que ce n'est pas bien d'être jaloux.

– Ce n'est ni bien ni mal. Au début de la vie, c'est normal pour tout le monde. Tu es jaloux et tu te crois méchant, et ça te rend malade. Moi, je comprends que c'est difficile pour toi de trouver ta place entre ton frère et ta sœur et que tu as du mal à le dire.

– C'est vrai que Louis (son frère aîné), il m'énerve, il m'énerve ! Il sait toujours tout ! Il fait tout très bien ! Les parents le grondent jamais !

– Je comprends comme c'est embêtant, un frère aîné pareil. Et ta petite sœur ?

– C'est la chouchoute. Elle m'embête tout le temps, et c'est moi qui prends.

– Toi et moi, nous allons pouvoir parler de toutes ces difficultés qui te rendent malheureux. De toutes ces pensées qui te font croire que, dans ta famille, tu serais le méchant.

Ainsi, Laurent confond un sentiment qui le caractériserait, la méchanceté, avec une jalousie qu'il a toutes les raisons d'éprouver. Dans une famille, il n'y a pas les bons et les mauvais enfants. À chaque parent de trouver les mots pour le dire.

Exprimer la jalousie pour la dépasser

Dans ces trois histoires, la jalousie est mal perçue par les parents : ceux de Raphaël et de Dorian la nient parce qu'ils rêvent d'une famille unie que rien ne viendrait troubler ; ceux de Laurent la sanctionnent parce que, selon leur morale, ce n'est pas bien d'être jaloux. Pourtant, malgré leurs efforts, ce sentiment est bien présent dans leur famille. Et leurs enfants semblent souffrir de leur impossibilité à l'exprimer autant que de la jalousie elle-même. D'ailleurs, ils vont mieux dès que leurs parents l'acceptent et qu'on les autorise à en parler.

La rencontre de l'enfant avec la jalousie est une grande expérience, une épreuve à passer. Le franchissement de cette étape va déterminer ensuite toutes ses relations aux autres. Car, mal traversée, ou pas traversée du tout pendant l'enfance, la jalousie peut s'installer et nous gêner toute notre vie. À l'âge adulte, elle pourra même se manifester sous la forme d'un rejet global des autres, qui s'exprimera parfois jusque dans les conversations anodines et quotidiennes. Par exemple, au lieu d'écouter autrui, le jaloux l'interrompt, s'empare de la parole et rapporte tout à lui (« Ah, oui, c'est comme moi... »), car, à travers les autres, c'est toujours lui qu'il voit. Et, pour cette raison, il croit tout savoir. Ainsi, certaines personnes « savent », écrivent et parlent à la place de leur enfant, ou à la place de leur conjoint... D'où leur tendance marquée à tenir des discours moralisateurs et culpabilisants – une façon de reprocher aux autres d'exister. Parce qu'il n'entend rien, ne voit rien de ce qui vient des autres, ses ennemis, le jaloux réduit sa vie à ce que lui-même en imagine. Tantôt il fanfaronne, s'affirme dans des attitudes conquérantes ; tantôt il se présente comme une victime incomprise et rejetée. Bref, il est toujours seul, isolé.

Pour épargner ces souffrances à nos enfants, il est important d'accompagner la jalousie, et surtout de la laisser s'exprimer sans drame ni jugement moral. Et si cela dure, comme pour Raphaël, c'est tout simplement que notre enfant a besoin de temps. Alors n'allons pas nous imaginer que sa situation est désespérée ! Car tout le monde peut dépasser la jalousie. Il n'est jamais trop tard.

Même les adultes « restés en panne », bloqués à l'âge de la jalousie normale, peuvent revenir en arrière et réfléchir au passé grâce à leur enfant, pourrait-on dire. En nous questionnant par son comportement, notre enfant nous offre la chance d'éclairer notre propre traversée de la jalousie, et de permettre ainsi à chacun de faire sa vie plus paisiblement.

C'est une chance à saisir, car être père, être mère demande qu'on soit capable de respecter son compagnon, sa compagne, puis ses enfants pour ce qu'ils sont : des sujets, des êtres uniques, différents de soi, et donc qu'on ait soi-même traversé l'épreuve de la jalousie.

2

À chacun sa place dans la famille

Lorsque l'on vous parle de la jalousie dans la famille, peut-être pensez-vous spontanément à la jalousie entre frères et sœurs. Pourtant, ce n'est pas avec eux que l'enfant découvre ce sentiment. La première personne dont il est jaloux, c'est son père. Car c'est avec lui qu'il apprend que l'amour de sa mère se partage. Et cela ne va pas toujours de soi...

Voilà pourquoi je vous parlerai de la jalousie à l'égard du père, mais aussi entre parents et enfants : quand la place de chacun dans la famille n'est pas bien définie, alors la jalousie risque de s'enkyster. C'est ce qui est arrivé à la petite Estelle...

Estelle, ou la tyrannie de l'enfant-roi

Estelle, deux ans et demi, s'isole toujours à la crèche. Renfermée ou agressive avec les autres enfants, elle se transforme en pipelette dès qu'elle est seule avec un adulte. À la maison, elle dort avec sa mère « pour bien dormir » et son père est relégué dans la chambre d'enfant.

Cette situation, la mère d'Estelle l'a déjà vécue : elle a été élevée par son arrière-grand-mère paternelle, veuve, dont elle a partagé le lit jusqu'à douze ans. Ses parents étant séparés, elle n'a connu qu'une relation exclusive avec cette femme, qu'aucun tiers ne venait rompre ou ouvrir.

Les crises de jalousie d'Estelle sont comprises par ses parents comme les manifestations d'une tyrannie propre aux jeunes enfants et à laquelle « il faut céder ». « Elle est trop petite pour comprendre, ça passera. »

Et si cela ne passait pas ? Quels symptômes l'enfant va-t-il développer pour tenter d'alerter à nouveau ses parents sur sa souffrance ?

Estelle prend la place de son père

Estelle, qui s'exprime très bien pour son âge, compte 1-3-2 et refuse catégoriquement l'ordre correct. Quelle magnifique insistance pour inviter ses parents à rétablir l'ordre symbolique : ce n'est pas le couple 1-2 (père-mère) qui donne la vie au 3 (l'enfant), mais l'enfant qui répond au besoin de proximité de sa mère avec elle et prend la place du conjoint (3 qui prend la place de 2).

En fait, Estelle n'accepte pas que sa mère puisse s'intéresser à quelqu'un d'autre qu'à elle, et surtout pas à son père. Cette attitude n'a rien de surprenant. Au début de la vie, tous les enfants traversent une phase fusionnelle avec leur mère. Celle-ci est toute-puissante pour répondre aux besoins de l'enfant, qui dépend d'elle entièrement. Mais si sa mère est tout pour lui, il n'est pas tout pour elle : le père est à une place première (ou devrait l'être...). Accepter la place du tiers, c'est toute l'affaire de la petite enfance, la traversée de ce que nous appelons le complexe d'Œdipe, déterminé par deux interdits : celui du meurtre et celui de l'inceste. Si l'attitude des parents est claire, ces deux interdits sont naturellement intériorisés par l'enfant. En laissant sa fille partager son lit, la mère d'Estelle lui a laissé croire que son père n'avait pas sa place dans leur vie.

Les risques d'une trop grande intimité

Même si l'amour exclusif pour la mère est naturel au début de la vie, nous, parents, avons un rôle à jouer afin de ne pas entretenir notre enfant dans l'illusion de relations exclusives. La tyrannie des jeunes enfants ne leur « passe » pas forcément si on les laisse faire. Et une trop grande intimité entre eux et nous favorise la jalousie œdipienne.

Il n'est pas toujours facile d'établir les limites, car, quelquefois, les enfants s'y prennent très subtilement pour mettre en scène leurs fantasmes œdipiens. Voici, par exemple, comment une mère, à qui son fils demande, mine de rien, de l'épouser, lui répond « oui » sans le vouloir :

Un soir, au coucher, Mathieu demande à sa mère :

– Dis, maman, toi, tu es moins vieille que papa ?

– Oui.

– Alors, il va mourir avant toi ?

– Ça pourrait se passer comme ça, oui.

– Et Antoine (son frère aîné), il est plus vieux que moi... Donc, il va mourir avant moi.

– Oui, répond la mère, un peu désorientée par cet étrange raisonnement dont elle ne soupçonne pas encore l'objectif.

– Génial ! conclut Mathieu. Comme ça, toi et moi, on va rester tous les deux tout seuls !

– Euh... oui, répond maladroitement la mère, prise de court.

De telles conversations peuvent rassurer l'enfant sur le moment, mais elles faussent la réalité. Il est certain que pour lui la prise de conscience que sa mère ne lui appartient pas marque une période difficile. Mais vous pouvez le soutenir en lui ouvrant des perspectives sur sa propre vie d'adulte en devenir : un jour, il aura une femme ou un homme à aimer, des enfants.

Vous l'aiderez ainsi à se positionner dans la famille en tant qu'enfant, destiné bien sûr à devenir adulte...

Éviter les mots qui sèment la confusion

Les enfants sont sensibles à la définition de leur place dans la famille par le langage. En appelant votre conjoint *et* votre enfant « chéri(e) », vous risquez de semer la confusion dans leur esprit. Comme dit Stéphane : « J'aime bien quand papa m'appelle “chéri”. Comme ça, c'est comme si j'étais sa femme ! » De même, vous risquez de désorienter votre enfant en appelant votre femme « maman » ou votre mari « papa ».

Quand une femme parle de son mari en disant « papa » (« Demande à papa » ou : « On verra quand papa rentrera »), ou quand un homme parle de sa femme en disant « maman », voilà ce que comprend l'enfant : sa mère ou son père est momentanément l'enfant du conjoint, et le frère ou la sœur des autres enfants de la famille ! Dans ces conditions, il devient très difficile pour l'enfant de se faire un système de référence clair et stable : tout le monde peut, à un moment ou un autre, prendre la place de tout le monde. Donc, imaginairement, on peut éliminer, manipuler, remplacer les uns ou les autres.

De plus, tout se passe dans l'esprit de l'enfant comme si la mère n'avait pas eu besoin d'un homme pour engendrer, cet homme étant lui aussi l'enfant de cette dernière. Le père est éliminé d'avance. C'est le fantasme de tout enfant ! Mais c'est aussi des difficultés en perspective pour toute la famille...

C'est par les mots que se distribuent les justes places. Par exemple : « Nous verrons ce soir quand *ton* papa rentrera » ; « Je dois aller chercher *ta* maman à la gare », etc.

Au début, l'enfant s'emmêle un peu les pieds. S'il dit : « À quelle heure il rentre, *ton* papa ? », vous pouvez lui répondre : « À quelle heure rentre mon papa à moi, ton grand-père, c'est ce que tu veux savoir ? »

– Mais non ! dit l'enfant, qui fait du même coup l'effort de mettre en place dans sa tête le puzzle familial, mon papa à moi !

– Ah, tu me demandes à quelle heure rentre Michel ! Eh bien, il rentre à telle heure...

Et, petit à petit, le système des appellations devient naturel, et surtout conforme à la réalité des liens et des places, dans la mesure, bien évidemment, où les parents eux-mêmes se situent à leur juste place.

« Plus fort que papa »

Damien a sept ans. Ses parents n'en peuvent plus : il est instable, difficile et colérique. Il ne supporte pas que ses parents sortent sans lui, pas plus qu'il ne supporte, quand ceux-ci reçoivent, que sa mère s'occupe davantage des amis du couple que de lui. Il refuse d'aller se coucher sans elle et lui rappelle que c'est à lui qu'elle doit se consacrer. Du coup, les parents renoncent de plus en plus à avoir une vie sociale...

Damien veut prendre toute la place

Damien est entré très décidé dans mon bureau ! Je peux même dire qu'il s'est installé en terrain conquis.

Je lui expose d'abord les soucis que ses parents se font pour lui – pas de commentaires –, puis je lui demande s'il veut changer quelque chose dans sa vie. Il ne me répond pas, mais demande à dessiner. En retour, je lui propose de dessiner sa famille...

D'un trait ferme et heurté, il se dessine en premier, prenant toute la place (les 2/3 supérieurs de la feuille), les bras et les jambes écartés au-dessus d'un trampoline.

D. D. : – *Tu as dessiné des bosses noires sur tes genoux...*

Damien : C'est pour protéger mes genoux.

– *Tu te sens en danger ? Tu as dessiné ta famille : tu te sens en danger dans ta famille ?*

Damien me lance un regard aigu, mais reste silencieux.

– *Il n'y a que toi sur la feuille. Ta famille, c'est toi tout seul ?*

Damien ne me répond pas. Il reprend les stylos feutres et dessine, dans l'espace qui reste en haut à droite, un petit oiseau bleu en vol vers l'extérieur de la feuille. Il dessine aussi sous ses pieds, entre lui et le trampoline, un oiseau au gros bec, semé de plumes colorées. Enfin, il place à droite du trampoline, par terre, une petite souris grise dressée sur ses pattes.

Damien explique :

– C'est une hirondelle (en haut), un perroquet (sous ses pieds) et une souris.

– Si ces animaux étaient de ta famille, ça pourrait être qui ?

– L'hirondelle, c'est maman : elle passe sans me déranger. Le perroquet, c'est papa : il devrait faire attention et ne pas se mettre là parce que je vais l'écraser s'il continue ! La souris, c'est vous : elle voit, elle entend tout, c'est une maligne.

Damien « cherche » son père

Les parents de Damien l'ont eu tardivement. En fait, sa mère craignait beaucoup la maternité parce qu'elle redoutait d'avoir un enfant handicapé (son propre frère a un enfant handicapé), et le père, éducateur spécialisé, estimait qu'il s'occupait assez d'enfants comme ça dans la journée. La grossesse a donc été vécue avec beaucoup d'anxiété, et maintenant les parents sont débordés par Damien et se disputent beaucoup.

Le père : Moi, je pense souvent partir, tant nous nous disputons. Dès que je demande à Damien de faire quelque chose, sa mère se précipite pour le faire à sa place ! Et si je me fâche, elle s'interpose ! Alors j'explose.

La mère : C'est vrai. J'ai l'impression d'être la seule à le comprendre, mais pour moi, comprendre, je crois que ça veut dire céder. J'ai peur des colères de son père contre lui, alors je cède.

D. D. : *Monsieur, qu'est-ce qui vous retient de partir ?*

– C'est vraiment mon fils, je ne peux pas le renier. Il est mon portrait craché : j'étais aussi difficile que lui.

– *Cette ressemblance vous retient, mais elle vous gêne...*

– Oui. Damien, c'est comme un miroir pour moi. Il a une force de provocation inimaginable ! Ce que je lui reproche, je pourrais aussi me le reprocher.

– *Vous dites que vous étiez difficile. Comment faisait votre père avec vous ?*

– Mon père était très absent, il voyageait, et ma mère le suivait dans ses postes à l'étranger. Mon frère et moi, nous étions en pension. J'ai été renvoyé de partout... Finalement, un éducateur m'a pris en charge. C'est lui qui m'a tiré d'affaire.

– *Si Damien vous provoque, c'est qu'il a besoin de vous. Il a besoin de vous rencontrer, comme vous avez eu besoin de rencontrer cet éducateur spécialisé. Votre fils cherche une mère* et *un père.*

Quand les parents sont jaloux...

Dans cette histoire, tout le monde est jaloux ou inquiet de la jalousie. La mère craint les colères de son fils tout comme elle craignait autrefois celles de son frère, et elle cède à son fils comme elle s'inclinait devant son aîné. Elle n'est pas encore la femme de son mari ; elle est toujours la petite sœur jalousée du grand frère.

Le père, qui a manqué autrefois d'affection, est jaloux de la place prépondérante de son fils auprès de sa femme. En effet, il est possible, parfois, qu'un des parents soit jaloux de l'enfant. Cela peut venir de ce que le comportement œdipien de l'enfant lui donne le sentiment d'être exclu. Cela peut venir aussi de jalousies anciennes et mal digérées...

Damien veut remettre sa vie « à l'endroit »

Revenons à Damien.

D. D. : *La petite souris comprend que ta vie est difficile. Tu veux écraser ton père : tu crois qu'être plus fort que tout le monde va te protéger ?*

Damien : Je suis très fort ! C'est moi qui commande !

– Oui, ta vie à toi ; mais pas celle des autres.

Quinze jours plus tard, j'ai un autre entretien avec Damien.

Damien : En venant, j'ai cru voir un bébé mort entre les rails du métro.

– Tu peux dessiner ce que tu as imaginé ?

Damien dessine très précisément, au feutre noir, la scène suivante : deux wagons de métro arrivent près du corps d'un enfant couché sur les rails.

– Tu as peut-être imaginé quelque chose d'important pour toi ?

– Des fois, je veux me tuer avec un couteau ! Quand mes parents m'engueulent.

– Pourquoi ils t'engueulent ?

– Je n'apprends pas mes leçons, je ne fais pas mes devoirs, je n'obéis jamais... Pour la première fois, hier soir, je suis allé me coucher tout seul dans ma chambre.

– Ils t'ont engueulé pour ça ?

– Non.

– Qu'est-ce que tu en penses ?

– C'était bien.

– Quel âge voudrais-tu avoir ?

– Je voudrais avoir quarante ans comme mon père.

–Tu mélanges ce qui est vrai et ce qui n'est pas vrai... C'est formidable d'avoir envie de grandir, mais tu fais ta vie de travers quand tu veux faire « comme si » tu avais quarante ans alors que tu as sept ans ! Hier soir, quand tu es allé te coucher dans ta chambre sans ta mère, c'était ta vie de sept ans. Quand tu veux toujours te coucher avec ta mère, tu veux prendre la place de ton père, son mari de quarante ans

qui va au lit avec elle. Ou alors rester un bébé accroché à son ventre.

– J'aime bien.

– Oui, sur le moment. Et après tu es en colère contre toi, contre tout le monde, et toute la famille s'engueule. Si tu aimes vraiment ça, je ne peux pas t'aider à changer cette vie à l'envers.

– Des fois, j'aime bien quand elle est à l'endroit.

– Je crois que j'ai compris ça dans ton dessin : tu as envie de faire mourir le bébé en toi et tu as peur des colères de ton père quand tu fais le bébé collé à ta mère. Et, en plus, tu as peur des colères de ta mère contre ton père à cause de toi...

– Vous êtes vraiment une maligne souris.

– C'est mon métier d'aider chacun à trouver sa place dans la famille.

– Vous direz à mes parents qu'ils n'ont pas besoin d'avoir peur des méchants : je contrôle tout, je surveille.

– Justement, ce n'est pas ton travail de sept ans ! C'est le travail de ton père de protéger la maison, pas le tien.

Devant la difficulté de son père et de sa mère à tenir leur rôle de parents et de conjoints, Damien occupe tour à tour toutes les places... sauf la sienne. En faisant cela, il cherche de l'ordre. Il a manipulé ses parents jusqu'à ce que le dysfonctionnement soit tel qu'il impose un juste repositionnement à chacun.

Laisser sa place au père

Souvent, les mères, comme celle de Damien, ont tendance à protéger l'enfant des colères ou des « maladresses » du père. Parfois même elles déprécient les impressions exprimées par leur compagnon sur l'enfant. En agissant ainsi, la mère cherche à démontrer indirectement à l'enfant que son père n'est pas capable de s'occuper de lui, qu'elle est la seule à pouvoir subvenir à ses besoins et donc à l'aimer. Or l'enfant a besoin de la présence structurante de son père, même si, sur le moment, comme Damien, il a l'impression d'aimer la relation exclusive qu'il entretient avec sa mère. Et c'est la grande tâche des femmes de situer l'homme de leur vie à sa place d'époux et de père, une tâche essentielle, primordiale et fondatrice pour l'équilibre de la famille.

Dans certains cas, la réalité vient renforcer la difficulté, quand le père et l'enfant sont séparés, par exemple. Ainsi, quand Nicolas est né, ses parents, si heureux de l'avoir, ont été éloignés l'un de l'autre par le travail du père, nommé coordinateur de plusieurs filières de son entreprise. Cette séparation a duré cinq ans : le père de Nicolas voyageait toute la semaine, et la famille se retrouvait le week-end. Habitué à passer beaucoup de temps seul avec sa mère, Nicolas s'est mis à mal supporter les week-ends et la relation à trois. « Il refuse de porter une montre, de se plier à des horaires et à toute forme de contrainte ! m'explique le père, alors que son fils a huit ans. Il ne supporte pas du tout mon autorité ! Il se faufile, il m'évite... » Difficile de renouer...

Pourtant, il est possible d'empêcher une telle situation de s'installer. Voici l'histoire de Fabian. À sa naissance, son père aussi travaillait loin du domicile familial. « Même quand il n'avait que quelques jours, raconte sa mère, je parlais à Fabian de son papa. Je lui disais où il était, ce qu'il faisait, combien cela pouvait être difficile pour lui d'être loin de nous, mais aussi nécessaire pour le moment. Je lui disais que cela ne durerait pas... Et puis j'essayais de scander la semaine, d'annoncer le week-end et les retrouvailles... Tous les soirs, son père téléphonait, et Fabian écoutait sa voix. Les retours de mon mari n'ont jamais posé de problèmes. Simplement, Fabian garde de cette période une habitude : quand son père s'absente, même pour la soirée, il a besoin de savoir s'il va rentrer, s'il doit l'attendre ou s'il a tout intérêt à s'endormir. Je lui promets que son père lui fera un bisou dans son sommeil, et il s'endort comme un ange ! »

Ainsi, c'est bien la mère qui introduit auprès de son enfant le père, son homme, le tiers fondateur de l'ouverture au monde, à la vie.

« J'aime pas mon beau-père »...

De nos jours, il n'est pas rare que des parents séparés refassent leur vie chacun de son côté alors que les enfants sont encore petits. À première vue, cela peut avoir l'air d'être source de complications, car il faut que chacun s'habitue à la nouvelle situation. Pourtant, il est très important pour un enfant de voir son père, ou sa mère, panser ses blessures et continuer sa vie. Non seulement cela lui évite de devenir le consolateur du parent isolé, et donc de se retenir de vivre sa propre vie ; cela évite aussi au parent de se tourner entièrement vers l'enfant pour compenser ses propres manques affectifs.

Bref, le nouveau conjoint libère l'enfant en brisant l'intimité totale que ce dernier avait avec le parent seul.

Bien sûr, ce nouveau conjoint peut devenir un objet de jalousie parce que l'enfant le considère comme un(e) rival(e). Dans ce cas, il ne faut surtout pas vous culpabiliser parce que vous avez l'impression que votre enfant se sent délaissé. S'incliner devant sa possessivité et le laisser semer la zizanie dans votre couple, ce serait lui laisser croire qu'il est tout-puissant et risquer de le lui reprocher plus tard. Françoise Dolto soulignait justement : « On ne refait pas sa vie pour faire plaisir ou pour embêter l'enfant, mais parce que la vie continue », qu'on est capable de surmonter un échec, qu'on n'a pas peur. Voilà un très bon modèle pour l'enfant, qui craindra moins de s'engager à son tour dans la vie affective ! Vous l'aimez, mais votre vie n'est pas la sienne et vous avez besoin de vivre avec quelqu'un d'autre : c'est la vie qui continue.

Aider l'enfant à trouver sa place

Comme nous venons de le voir, il est parfois difficile pour l'enfant de trouver sa place dans la famille. Quand les parents eux-mêmes ont du mal à trouver la leur, il ne sont pas vraiment en mesure de l'aider. Afin de ne pas le frustrer, ils peuvent préférer lui donner la place centrale, quitte à en faire un tyran. Mais, à long terme, cette situation n'est supportable pour personne. Alors, quelle place doit-on donner à l'enfant pour que chaque membre de la famille s'épanouisse ?

Françoise Dolto disait que l'enfant, pour bien se développer, a besoin d'être « à la périphérie du groupe » et pas au centre. Pourquoi ? Parce que l'enfant, lorsqu'il est le point de focalisation des regards, le grand sujet de sollicitude de ses parents, est moins comblée qu'aliéné. Et aussi parce qu'on se sent plus facilement déçu par un enfant à qui l'on s'est « sacrifié », qu'on a endetté de cette façon, et à qui on va reprocher un jour sa prise d'autonomie.

L'empressement excessif écrase l'enfant et lui porte finalement préjudice. Il est beaucoup plus sain pour lui, même si dans un premier temps il en souffre, de sentir que vous n'avez pas renoncé pour lui à votre vie d'adultes, de couple. Cela le libère de la culpabilité future qu'il pourrait concevoir de faire sa propre vie. Cela lui montre aussi qu'il peut se passer de vous et grandir en dehors d'une totale dépendance. Bref, tout le monde s'y retrouve.

Par ailleurs, sans faire l'éloge des temps lointains où l'on ne gardait pas les enfants chez soi, où on les envoyait dans une autre famille pour qu'ils y commencent leur vie et y apprennent leur futur rôle social, on peut tout de même rappeler que la famille n'a pas toujours été centrée sur l'enfant comme aujourd'hui. Il aura fallu une lente, très lente évolution vers plus d'intimité entre parents et enfants, et vers plus de sentiment familial, pour qu'on en arrive à la situation actuelle où la famille se réduit au noyau parents-enfants.

Mais, en maintenant un minimum de sociabilité, nous, parents, pouvons éviter de trop nous polariser sur nos enfants. Pour le bien de tous.

3

Garçon ou fille, quelle importance ?

Vous faites peut-être partie de ces parents qui ont beaucoup espéré la naissance d'une fille ou celle d'un garçon. Par affinité avec l'un des sexes, ou parce que vous « aviez » déjà le(s) garçon(s) et que vous « vouliez » une fille, comme on dit, ou l'inverse. Ou bien parce que votre sexe a posé problème à vos parents à votre naissance. Mais quand ces vœux accompagnent la naissance d'un second (ou d'un troisième), ils risquent de semer la confusion dans l'esprit de l'aîné : déjà inquiet à l'idée de devoir partager votre amour avec ce nouveau venu, il s'interroge sur les avantages de son sexe. « Vaut-il mieux être un garçon ? » se demande la fille. « Si j'étais une fille, m'aimerait-on davantage ? » se demande le garçon. C'est à vous, parents, de conforter votre enfant en lui faisant valoir les qualités de son sexe, indépendantes des préférences que vous-mêmes avez pu avoir.

« Les filles, c'est nul »

Sophie, six ans, a un petit frère de treize mois de moins qu'elle, Alexandre. Ses parents ont décidé de consulter parce qu'elle est difficile et se rend malheureuse : elle est triste, assez seule, pleure pour un rien, fait de la résistance passive, provoquant de cette façon la sévérité de ses parents.

Vais-je être aimée « moitié moins » ?

Au premier rendez-vous, pour faire connaissance, je propose à Sophie de faire un dessin de sa famille. Elle s'en révèle incapable. Elle gribouille, rature, troue les feuilles en exprimant une insatisfaction constante : « J'sais pas, j'suis nulle. »

D. D. : *Tu dis que tu ne sais pas, que tu es nulle. Il me semble que tu es fâchée contre toi ? Nous allons pouvoir parler de ton histoire avec de la pâte à modeler.*

Je modèle alors pour elle cinq personnages : sa mère, son père, elle-même, Alexandre et Sylvie, une jeune fille au pair qui s'est bien occupée de Sophie, à laquelle celle-ci était très attachée, mais dont les parents ont dû se séparer quelques mois après la naissance du deuxième, « parce qu'elle n'aimait pas les garçons », m'ont-ils dit.

Sophie (quand je modèle Alexandre) : Je voudrais être plus jeune qu'Alexandre, je ne veux pas mourir avant lui... Sylvie, je l'aimais bien, elle voulait pas d'Alexandre, elle l'aimait moitié moins que moi. (À voix basse) : Je voudrais le faire mourir.

Elle saisit un couteau pour pâte à modeler et commente :

– Je lui coupe la tête... C'est notre secret, parce que, pour de vrai, je peux pas tuer mon frère. La police viendrait me tuer. Tiens, regarde, Sylvie lui donne une fessée, et Alexandre pleure dans son coin !

Elle marque une pause, puis reprend :

– Parfois, je l'aime, Alexandre. Alors parfois je suis pas contente si quelqu'un lui fait du mal. Mais parfois je suis contente.

– Tu as peur, n'est-ce pas ? À la naissance d'Alexandre, tu as imaginé que tu serais « aimée moitié moins » puisque tes parents ne sont pas comme Sylvie, qui n'aime pas les garçons et qui aimait moitié moins Alexandre. Si eux se fâchaient contre Sylvie qui n'aimait pas les garçons, tu as imaginé que cela voulait dire qu'ils allaient donner « moitié plus » à Alexandre et « moitié moins » à toi.

Silence.

– Tu vas faire ta vie de fille.

Je reprends :

– Je comprends que c'est terrible d'imaginer ça et de croire que c'est vrai.

Sophie me regarde, m'écoute, tout sourire. Puis elle prend la pâte à modeler et s'active à préparer un repas.

– Ça serait la fête de bien se comprendre, d'accord ? La fête rien que pour nous deux, madame Dalloz et moi. Tiens, madame Dalloz, c'est du pain de mie et un bol de pommes de terre !

Je ris :

– C'est bien trouvé, les « pommes de terre » ! Nous allons « taire » ton secret d'avoir eu peur d'imaginer d'être aimé à moitié ? À moitié, comme le pain de « mie » coupé en deux !

Sophie rit de bonheur, et nous faisons semblant de manger les mets qui dévoilent tant de peurs !

Quand l'heure de se quitter approche, évidemment tout n'est pas réglé. Sophie me serre la main gravement et confie :

– Je pense pas faire ma vie encore parce qu'il y a toujours mon frère...

– Tu veux dire que tu imagines encore que ton frère pourrait empêcher Sophie d'être Sophie. Mais ce n'est pas réel. Toi, tu vas faire ta vie de Sophie, ta vie de fille qui va devenir une femme ; et Alexandre, il va faire sa vie de garçon.

Quand le garçon est fêté

Dans la famille maternelle de Sophie, il n'y a eu que des filles depuis trois générations ! À la naissance de son frère, ses parents, tout à la joie d'être exaucés, ont exprimé un peu vivement leur émotion en présence de leur aînée. Ce fut sans aucun doute un moment douloureux pour la fillette. Ce n'était déjà pas facile de voir arriver un rival qui, pensait-t-elle, allait la détrôner dans le cœur de son père et de sa mère. Mais quand ses parents ont laissé exploser leur allégresse d'avoir enfin un garçon, la jalousie de Sophie a redoublé. Elle s'est alors sentie dévalorisée dans son sexe.

Au cours de ce difficile épisode, parce que Sophie a résisté à sa manière, ses parents ont compris qu'elle ne pouvait grandir harmonieusement en tant que fille, et traverser la jalousie, que si la valeur de son sexe était reconsidérée. En pensant que c'était mieux d'avoir un garçon parce que c'était « devenu rare » dans la famille, ils avaient négligé le respect de l'origine et du génie de chacun des sexes.

Une fille « manquée »

Les parents de Martin me consultent parce que leur fils de onze ans souffre de troubles de l'endormissement et du caractère qui, ont-ils constaté, se sont aggravés à la naissance de sa sœur Valérie, âgée maintenant de quatre ans. La vie de famille est devenue infernale. Seuls les séjours fréquents de Martin chez ses grands-parents qu'il affectionne apportent un peu de calme...

« Mal dans sa peau »

Le jour où Martin se présente, je vois arriver un être asexué de 1,70 m, aux allures de loubard, distant et méfiant, qui rejette vainement en arrière ses cheveux mi-longs qui lui couvrent le visage... Par ailleurs, Martin est très agité. Ou, plutôt, il bout comme une cocotte-minute dont le couvercle menacerait de céder à chaque instant.

Aussi, lorsque je lui propose d'exposer ses difficultés et ses désirs de changement, il s'engouffre dans cette « permission » et explose littéralement :

– Je n'en peux plus de Valérie ! Les parents lui cèdent tout ! Elle fait des pitreries à longueur de temps pour m'exaspérer. La seule chose qui me fait du bien, c'est l'ordinateur : je fais des jeux horribles où je dois tuer tout ce qui bouge. Comme ça, je ne vois pas le temps passer. J'y reste souvent jusqu'à cinq heures du matin.

– Ici, je n'ai pas d'ordinateur, mais cela pourrait te soulager aussi d'exprimer avec la pâte à modeler ce que tu imagines toute la journée contre Valérie. Toute cette colère qui t'empêche de vivre ta vie de garçon de onze ans pendant qu'elle vit sa vie de fille de quatre ans ?

Martin accepte et, tout en modelant la pâte, il laisse libre cours à sa colère :

– Je la coupe en rondelles, je la mets à cuire au feu pour la manger... Non, je préfère la déchiqueter pour la faire cuire à la broche.

Je reste paisible et compréhensive devant ce déchaînement dont il ne faut pas oublier qu'il est strictement imaginaire.

L'angoisse secrète du père

La séance suivante m'apporte des éléments d'information sur la jalousie de Martin. Il s'agit d'un entretien avec son père qui a demandé à me voir seule. Il trouve que son fils va mieux et me confie une angoisse qui lui semble liée aux difficultés de celui-ci :

– La colère de Martin, tout son comportement, a peut-être à voir avec mon histoire. Ma mère est partie quand j'avais un an. Elle m'a laissé à mon père. Je ne l'ai pas dit à ma femme, mais après la naissance de Valérie, j'ai eu peur qu'elle nous quitte, Martin et moi.

– Votre angoisse, c'est : est-ce qu'une mère peut vraiment, comme ça, rejeter son petit garçon...

– Avec ses allures de fille manquée et sa colère qui nous provoque, on dirait que Martin a deviné.

– Vous ne lui avez jamais raconté cette histoire ?

– Non. Il croit que ma belle-mère est ma mère.

– Et votre mère de naissance ?

– À l'adolescence, j'ai voulu la revoir. Mon père et ma belle-mère m'y ont aidé. En fait, ma mère ne s'est jamais remariée, elle vit seule, elle est professeur de français dans une école de filles. Elle m'a déclaré qu'elle n'avait rien à me dire sinon qu'elle ne voulait pas de garçon et qu'elle avait compris à ma naissance qu'elle ne pourrait pas m'aimer.

– Vous allez beaucoup aider Martin en lui racontant votre histoire. Vous êtes maintenant capable de l'aider à se sortir de cette colère contre votre fille, devant laquelle, en tant que garçon malaimé, vous étiez démuni.

Dois-je être une fille pour être aimé ?

Après cet échange avec son père, je reçois Martin et lui dis combien ses parents sont heureux de le voir apaisé. Il ne fait aucun commentaire et reprend la pâte à modeler en disant :

– Aujourd'hui, j'ai pensé que, Valérie, j'allais la mettre en charpie.

Il coupe en tout petits morceaux, avec le couteau, la figurine qu'il a modelée représentant sa sœur.

– Ça fait du bien !

– Je comprends. Ça te soulage de me dire tout ce que tu imagines, sans pour autant être méchant.

Martin rit et modèle une nouvelle figurine de Valérie :

– Cette fois-ci, elle est dans une montgolfière et elle tombe sur un pieu. Quelqu'un passe par là et l'égorge. Elle est morte.

Ce qu'il me dit là s'associe avec ce que m'a raconté son père.

– Il ne s'agit peut-être pas de la vraie Valérie, mais de la peur que tu as eue d'être obligé d'être comme Valérie pour voir si on allait continuer à t'aimer.

– J'ai voulu être une fille, et je ne voulais plus grandir après la naissance de Valérie.

– Tu ne voulais plus grandir ? J'ai l'impression que ton corps n'a pas été d'accord avec ce mensonge !

Martin rit.

– À présent, cela va être plus confortable, pour toi, une vie à l'endroit : une belle vie de garçon de onze ans, de 1,70 m, frère d'une sœur de quatre ans. Et si, décidément, tu n'aimes pas ta sœur, ça n'a aucune importance : l'important, c'est que tes parents l'aiment et qu'ils t'aiment.

– Je ne sais pas si je ne l'aime pas. Vous savez, je la trouve rigolote.

Des questions qui favorisent la jalousie

« Est-ce que mon père continuera de m'aimer maintenant qu'il a un autre enfant ? Et comment attirer l'attention sur mon angoisse d'être un garçon ? » se demandait Martin.

« Comment aider mon fils à ne pas exclure sa sœur alors que moi-même j'ai été rejeté par ma mère en tant que petit garçon ? » se demandait son père de son côté.

Telles étaient les questions intriquées, et sans réponse, qui bloquaient la jalousie de Martin, la faisaient s'enkyster, et poussaient le garçon à se « déguiser » en fille. Laisser s'exprimer la jalousie dans toute sa violence imaginaire aura permis tout à la fois d'aider Martin et d'éclairer son père sur ce qui l'empêchait d'accompagner son fils.

Garçon ou fille, c'est indifférent ?

On vient de le voir, souligner un peu lourdement sa joie ou sa déception de voir arriver une fille ou un garçon risque d'engendrer des jalousies compliquées. Mais faire comme si la différence ne comptait pas – autrement dit, faire comme s'il n'y avait aucune différence, et donc nier la réalité – met autant les enfants dans l'embarras.

Voyez l'histoire de Sébastien...

Sébastien a cinq ans, quand, lui aussi, il m'est adressé par un médecin. Chez cet enfant, me dit-on, toute maladie bénigne se complique. En ce moment, il a une grave inflammation des yeux. Par ailleurs, il dit toujours, me rapporte sa mère, qu'il veut être une fille et se comporte en fille.

En dehors de cela, Sébastien semble se développer normalement : il a très bien parlé dès l'âge de deux ans, il est très actif, aime la musique, aime danser, et a l'air de vivre sa vie.

Quand l'enfant croit qu'il peut changer de sexe

Quand je reçois Sébastien, il est ravi et rassuré de savoir qu'il s'agit d'un rendez-vous pour parler de ses problèmes et non pas d'un énième rendez-vous médical. Il maîtrise en effet très bien le langage ; en revanche son graphisme est pauvre pour un enfant de cinq ans : peu formé, peu coloré... D'abord, il refuse de dessiner sa famille. Puis il se décide à tracer un seul personnage, très schématique de surcroît. Il dit :

– C'est ma sœur. Je ne peux pas dessiner quelqu'un avec des bras.

D. D. : *Ah bon ? Pourquoi ? Ça te fait penser à quoi, les bras ?*

– Y'a plus de place (il prend une nouvelle feuille, ébauche un rond). Ça, c'est un garçon raté. C'est mon frère. (Il froisse le dessin et jette la feuille à la poubelle.)

– Tu es en colère, parfois, contre ton frère ?

– C'est dommage que je ne puisse pas le mettre à la poubelle ! J'ai l'air de bien m'entendre avec lui, mais je fais semblant. Et lui aussi. On peut pas se voir. Quand les parents sont pas là, il me donne des claques ou des coups de pied. Il est toujours plus fort ! J'aime mieux être seul qu'avec lui... Je vais le redessiner, là, sur une autre feuille... Cette fois, il est pas raté... Je veux pas être comme Thomas.

– Tu voudrais être comme qui ?

– Je veux être une fille. Comme Diane. Avec elle, j'ai pas de problèmes.

Naître garçon ou fille, c'est déterminant

Lors d'un entretien avec les parents de Sébastien, j'ai demandé à sa mère comment s'était passée sa grossesse quand elle attendait Sébastien. Elle m'a dit :

– Avant lui, il y a notre fille Diane, qui a dix ans, et notre fils Thomas, qui a huit ans. Thomas voulait un petit frère. Pour nous, mon mari et moi, une fille ou un garçon, c'était égal... À la première échographie, on nous a annoncé une fille, et à la seconde, un garçon !

– *À quoi joue Sébastien ?*

– Aux Barbies. Beaucoup de Barbies... Avec sa sœur.

– *Et comment réagissez-vous ?*

– Nous n'y prêtons pas tellement attention.

– *Non ? Pour vous, avoir une fille ou un garçon, c'est égal, et jouer beaucoup aux Barbies avec sa sœur quand on est un garçon de cinq ans, c'est banal. Savez-vous que c'est pourtant déterminant de naître fille ou garçon ?*

– Oui, c'est vrai. Mais, comme pendant ma grossesse, cet aspect de la vie n'est pas important pour moi. Ni pour mon mari.

– *Dans vos familles respectives, comment se situait-on par rapport à cet aspect de la vie, justement ?*

C'est le père de Sébastien qui répond en riant :

– Mes parents voulaient une fille, et les parents de ma femme voulaient un garçon ! Tous les deux, nous avons pris le contrepied !

– Mais ce n'est pas parce que vous êtes indifférents au sexe de votre enfant que votre enfant, lui, est indifférencié ! D'ailleurs, les prénoms que vous avez choisis pour vos enfants – Diane, Thomas, Sébastien – sont nettement sexués !

Alors, les parents éclatent de rire tous les deux, et annoncent :

– C'est exprès ! Nous nous prénommons Claude et Dominique !

Ainsi, déçus d'avoir eu un enfant du sexe non souhaité, les grands-parents de Sébastien ont en quelque sorte rusé avec cette déception : son père a reçu un prénom qui aurait aussi bien pu convenir à une fille, et sa mère, un prénom qui aurait convenu à un garçon. Quant aux parents de Sébastien, comme dit son père, ils ont pris le contrepied de leurs propres parents : ces derniers faisaient cruellement la différence, eux ne la font pas du tout ! Et Sébastien ne sait pas trop dans quel sexe il doit grandir et faire sa vie.

On pourrait même dire que Sébastien n'y voit plus très clair, qu'il a de lui une vision brouillée.. Ce qui renvoie très nettement, en revanche, au symptôme dont il souffre actuellement.

Aider votre enfant à grandir dans son sexe

Il est naturel, compte tenu de notre histoire personnelle, d'espérer un enfant d'un sexe ou de l'autre. Mais nos émotions ne lui retirent rien, il est de toute façon garçon ou fille, et c'est indépendant de notre volonté comme de nos états d'âme. Si nous acceptons la réalité, notre enfant l'acceptera aussi.

Évidemment, la valorisation du garçon ou de la fille dépend de la façon dont les parents se valorisent mutuellement : un père qui est convaincu que le genre féminin est inférieur au genre masculin et qui ne valorise pas sa femme en tant que femme ne peut pas non plus valoriser sa fille – ni valoriser les femmes aux yeux de son fils... De même, les femmes qui détestent les hommes discréditent le masculin aux yeux de leurs enfants. Par la même occasion, elles dévalorisent leurs fils, qui se trouvent rejetés dans le clan honni, et elles insécurisent leurs filles, pour qui être destinées à devenir plus tard la femme d'un homme, c'est prendre des risques.

Cette fois encore, les problèmes de nos enfants nous renvoient à nos problèmes d'adultes. Et pour les aider à bien vivre dans leur sexe, nous aurons peut-être à réfléchir à la manière dont nous-mêmes considérons le fait d'être homme ou femme...

Françoise Dolto écrit : « La différence entre fille et garçon ne doit pas apparaître comme la différence entre plus et moins, mais il est normal qu'un garçon n'ait pas envie de s'identifier à une fille [1]. » Et vice versa, pourrais-je ajouter.

---

1. Françoise Dolto, *Les étapes majeures de l'enfance*, Gallimard, 1998.

4

L'écart d'âge : un faux problème

Récemment, une voisine me disait : « Je suis née treize mois après mon frère aîné. Il n'a même pas eu le temps de se rendre compte qu'il allait devoir partager maman ! Entre nous, il n'y a jamais eu de jalousie. » Peut-être est-ce ainsi dans ses souvenirs... Mais comment peut-elle affirmer cela pour son frère ? La jalousie existe, quel que soit l'écart d'âge. Aussi est-il quelque peu illusoire de vouloir l'éviter en se livrant à des calculs pour déterminer une différence d'âge idéale. Mais surtout pourquoi nous focaliser sur la question de l'âge. Les différences existent, de toute façon. Appuyons-nous sur celles-ci pour valoriser chaque enfant dans sa singularité propre.

Un an d'écart et des disputes

Anne a sept ans, et Jeanne, six. Leurs parents consultent parce qu'ils sont fatigués de gérer les nuits agitées de Anne – qui dort dans la même chambre que sa sœur et risque sans cesse de la réveiller – et le pipi au lit de Jeanne qui persiste. À cela s'ajoutent les conflits constants entre les deux sœurs...

Chose déroutante pour les parents, quand elles sont séparées, Jeanne s'épanouit, mais Anne pleure, déprime, et ne tire aucun profit du temps qu'elle passe loin de sa cadette.

Un besoin de régression

Faire pipi au lit n'est en aucun cas un signe indiscutable de jalousie. On ne peut pas associer spontanément les deux et émettre une espèce de diagnostic. C'est la même chose pour les eczémas, l'asthme et autres maladies, qui peuvent être les symptômes d'une souffrance psychologique de l'enfant sans qu'il soit possible, *a priori* et avant suivi, d'établir laquelle. Il est donc très important, en tant que psychothérapeute mais aussi en tant que parent, de conserver une vraie disponibilité d'esprit devant un symptôme, d'ouvrir grand ses yeux et ses oreilles, et de ne pas porter de jugement hâtif.

En revanche, on peut affirmer sans trop s'avancer que, à six ans, le stade du pipi au lit devrait être dépassé et que, dans le cas de Jeanne, il y a un besoin évident de ne pas quitter le stade de la toute petite enfance et de se conduire comme un bébé.

Trop de promiscuité

À la maison, Anne et Jeanne sont élevées comme des jumelles du fait de leur très petite différence d'âge. Elles occupent la même chambre, mais c'est bien tout ce qu'elles partagent réellement, car aucun contact entre elles ne se fait sans conflit. Bref, elles sont « rapprochées » par l'âge, par le mode d'éducation et dans l'espace, mais elles luttent continuellement l'une contre l'autre comme si elles espéraient ainsi se « repousser ».

« Où est Jeanne ? » dit Jeanne

Dans le premier dessin qu'elle fait de sa famille, Jeanne est incapable de se différencier d'Anne. Elle dessine les enfants en premier et, au-dessus des deux personnages identiques, elle écrit « Anne », puis, en-dessous, « ou Jeanne ». Il est vrai que son prénom ne lui facilite pas la tâche : Anne et Je-Anne... Il y a Anne et Je (suis)-Anne.

D. D. : *Tu imagines que c'est possible que Anne soit Jeanne et que Jeanne soit Anne ?*

Jeanne : Ce n'est pas toujours la plus vieille qui est la plus forte, des fois c'est la plus jeune. J'aurais voulu être un garçon et être l'aîné. Anne m'embête avec sa force.

– Qu'est-ce que c'est, la force, pour toi ?

– La force, c'est embêter les autres, les faire perdre, être content pour ça.

– Tes parents m'ont dit que tu es très bonne élève à l'école.

– J'ai un an d'avance. Je suis la plus jeune. C'est pareil, les autres m'embêtent toujours. Ils sont les plus forts, pourtant je suis cinquième.

– Qu'est-ce que tu voudrais voir changer dans ta vie ?

– Je voudrais vivre toute seule. J'en ai marre de me faire gronder tout le temps. Ça me donne des cauchemars, comme Anne, la nuit. Je vais vous dire le plus terrible de mes cauchemars : il y a un dragon, avec moi dans sa gueule, et le dragon, il a une faim de loup ! Il me crache du feu sur moi. Anne, elle est pas contente que je sois née.

« Jeanne serait pas née », dit Anne

Anne est ravie de venir me voir elle aussi. Je la trouve agitée : elle a le regard en alerte, elle cligne des yeux et toussote sans arrêt... Elle dit :

– Moi, je ne fais pas pipi ! C'est Jeanne. Elle a deux ans.

Elle rit et jubile.

Puis elle dessine sa famille. Sa mère, son père, elle, puis... un rond sous les pieds de sa mère avec une forme de fœtus à l'intérieur qu'elle me présente comme sa sœur :

– Là, c'est Jeanne. Elle serait pas encore née.

– Tu aurais bien voulu qu'elle ne naisse pas ? Ou alors pas si vite après toi ? Cinq ans après (je propose cet écart puisqu'elle a dit que Jeanne a deux ans), *ça aurait été mieux ?*

Anne ne répond pas, mais cligne des yeux et toussote de plus belle.

Pas de place pour deux filles...

(Suite de l'entretien avec Jeanne)

D. D. : *Anne n'est pas contente que tu sois née... Dans le monde entier, c'est comme ça. Un bébé veut garder sa maman pour lui tout seul le plus longtemps possible. Toi, tu as eu très envie de naître, tu voulais aussi ta maman pour toi toute seule. Ça fait beaucoup de jalousie. Quand on est jaloux, on imagine beaucoup de choses, et c'est normal au début de la vie. Nous imaginons tous que partager l'amour, c'est comme partager un gâteau : plus on est, moins on a.*

Jeanne me reprend :

– Plus on a de la force, plus on a.

– Plus on a quoi ?

– On a plus de place, et pas l'autre.

– Tu imagines que tes parents ne peuvent pas faire de la place pour leurs deux filles dans leur cœur, dans leur maison et dans leur vie ?

– Je ne sais pas, mais Anne, elle veut pas que je sois née.

– Bien sûr, comme toi, elle voudrait être fille unique. Mais ce sont tes parents qui t'ont donné

la vie, ce n'est pas Anne. Anne va faire sa vie à elle, et toi, ta vie à toi, Jeanne.

– Oui, mais ça se bat toujours dans ma tête.

– Nous pourrons prendre le temps de parler de tout ça. C'est pour cette raison que tes parents qui t'aiment ont décidé de prendre rendez-vous pour t'aider.

Je suis la plus forte

Je reçois Anne et Jeanne ensemble. Anne se situe immédiatement :

– C'est bien d'être ensemble ; comme ça, je peux voir ce que Jeanne fait.

D. D. : *L'important, c'est ce que tu fais, toi.*

Mais Anne envahit la pièce, recherche la supériorité à tout prix. Lorsque Jeanne s'installe, Anne veut sa place. Lorsque Jeanne veut un crayon, Anne veut le même mais plus grand :

– C'est normal, dit-elle, puisque j'ai deux centimètres de plus et que je sais mieux dessiner.

Jeanne cède, cède..., puis préfère aller jouer plus loin, par terre.

D. D. (à Anne) : *Tu souffres beaucoup de jalousie. Tu ne sais plus comment t'en débarrasser. C'est terrible d'imaginer vouloir être plus forte, ou exactement pareille, alors que ce n'est pas vrai et que ce n'est pas possible. Chacune est différente.*

Pas question d'imposer aux deux sœurs le même psychothérapeute. Je vais donc donner aux parents l'adresse d'un confrère pour Anne, afin qu'elle ait un endroit à elle pour s'exprimer et que Jeanne conserve son propre espace en venant chez moi.

Il arrive qu'un enfant s'efface pour protéger l'autre

Finalement, c'est l'énurésie de Jeanne qui aura permis à Anne d'être aidée, d'être accompagnée dans sa jalousie d'aînée. Mais quel prix à payer pour Jeanne ! Anne n'existait qu'en s'efforçant d'éliminer sa sœur (d'où les coups de déprime quand Jeanne n'était pas là pour subir son despotisme), et Jeanne avait choisi d'obéir à cette logique sado-masochiste en s'autodétruisant, en restant un bébé pour prouver à sa grande sœur que celle-ci ne risquait rien, qu'elle serait toujours la plus grande, la plus forte.

Un enfant est parfois prêt à tout pour éviter des souffrances qui lui sont insoutenables : il peut se faire tomber malade, se mettre en échec, se mettre en danger... Accompagner la jalousie, c'est aussi donner à l'enfant les moyens de soutenir une situation de rivalité, inévitable à un moment ou à un autre, sans s'autodétruire.

Valoriser les différences

Faire des enfants « rapprochés » et les traiter à pied égal ne permet pas d'atténuer les jalousies. En voulant indifférencier les enfants, on les conduit à se différencier dans un conflit à mort, où l'un cherche à annuler l'autre pour réussir à exister. Car, même s'ils ont presque le même âge, les enfants ont une personnalité propre qu'ils ont besoin d'exprimer et de développer.

Bien qu'il soit particulier, le cas des jumeaux – ces individus qui ont l'air si semblables, que rien ne paraît séparer – en est un bon exemple. Voyez l'histoire d'Aurélien et d'Alexandre (cinq ans). Leurs parents viennent me consulter parce qu'ils ne comprennent pas pourquoi, alors qu'ils ont le sentiment de faire de leur mieux, leurs enfants ne sont « jamais contents » et se disputent sans arrêt. Quand je leur demande comment ils sont avec leurs fils, ils m'expliquent que, dans un souci constant de justice, ils donnent systématiquement à l'un ce qu'ils donnent à l'autre.

Comme les parents font tout pareil, les enfants sont persuadés d'être identiques. Aussi, Aurélien voudrait tout faire comme Alexandre, mais il réussit moins bien. « Tout le monde dit qu'on est pareils, pourtant je ne peux pas faire pareil que lui », dit-il. Du coup, il est jaloux de son frère. Et ce dernier est énervé d'être imité. Voilà pourquoi il y a tant de mésentente entre eux. En évitant de marquer la différence, réelle et indéniable, leurs parents les ont poussés, sans le vouloir, à une rivalité sans merci.

Ainsi, quand on veut à tout prix effacer la différence, elle s'affirme dans le rapport de force. Et parfois même dans des symptômes : j'ai connu des jumeaux qui, pour se différencier, avaient choisi l'un de bégayer, l'autre de faire pipi au lit !

Six ans d'écart, une solution ?

On n'évite pas non plus la jalousie en ménageant un grand écart d'âge entre le premier enfant et le deuxième et en s'imaginant que le premier sera plus raisonnable, qu'il comprendra mieux, qu'il acceptera mieux, etc.

En fait, quel que soit l'âge de l'aîné, l'arrivée du deuxième n'est pas pour lui une très bonne nouvelle ; et vous, parents, ne serez pas dispensés d'accompagner votre premier dans sa traversée de la jalousie. À titre d'exemple, je citerai l'histoire de Pierre et de Mathias, sans toutefois m'y attarder, car je vous parlerai longuement plus loin de la situation des aînés.

Quand l'aîné refuse de grandir

Quand Pierre est né, son frère Mathias avait déjà six ans. Les parents, particulièrement soucieux d'éviter la jalousie dans la famille, avaient choisi ce grand écart d'âge tout exprès : chacun d'eux étant l'aîné de sa fratrie, ils avaient beaucoup souffert de leur jalousie à l'égard du deuxième. Mathias s'est conformé au désir de ses parents : il s'est interdit de manifester sa jalousie pour ne pas perdre leur amour. Mais, comme la jalousie s'exprime d'une façon ou d'une autre, il a freiné son évolution personnelle et inconsciemment refusé de grandir.

Ainsi, il est devenu difficile, coléreux, assez triste, et on ne l'a jamais beaucoup entendu parler de son frère (façon de nier son existence, et aussi de bloquer la violence de sa jalousie). Surtout, il a tenté de s'identifier à son petit frère en délaissant les enfants, puis les adolescents de son âge pour se tourner vers ceux qui avaient l'âge de Pierre.

Pour lutter contre cet aîné qui essaie passivement de lui prendre sa place, Pierre est devenu à son tour caractériel.

Des parents trop soucieux de réparer l'enfant en eux

Tout cela s'estompera en même temps que les parents prendront conscience des motifs qui les ont conduits à séparer de six ans ces deux naissances. Ils permettront ainsi à Mathias de se libérer de sa culpabilité due à sa jalousie rentrée parce que interdite, et donc de sortir de l'identification régressive au plus jeune qui, lui, n'aura plus besoin de se bagarrer pour conserver sa place de garçon de onze ans contre son frère de dix-sept ans.

Pas d'écart d'âge idéal

On l'aura compris : pour ce qui concerne la jalousie, l'écart d'âge idéal n'existe pas. Tout simplement parce qu'il n'existe pas de « stratégie » qui permette d'éviter la jalousie. Empêcher que la jalousie s'exprime, chercher à la circonscrire en la niant, c'est courir le risque que l'enfant affirme sa place par la force (comme Anne) ou la régression (comme Mathias), ou encore qu'il préfère ne pas exister pleinement pour se protéger d'une rivalité insupportable (comme Jeanne).

Alors, inutile de « calculer » dans le but d'étouffer la jalousie. Les rivalités sont inévitables, et vous risquez de les aggraver en cédant à la tentation d'élever les enfants « ensemble ». À chaque enfant sa nature et ses besoins. Pourquoi freiner le grand ? Pourquoi bousculer le petit ? De même, résistez à l'envie de comparer : chacun a son rythme et sa manière d'être.

Vous aiderez bien davantage vos enfants en favorisant le droit de chacun à se sentir soi-même. Par exemple, pourquoi faire un « tir groupé » d'anniversaires, sous prétexte que l'un est né un 26 février et l'autre un 1er mars, par exemple ? Vous aurez fait l'économie d'une fête, mais pas d'une dose de jalousie supplémentaire... À ce sujet, le psychanalyste américain Bruno Bettelheim raconte cette histoire très parlante :

« Une petite fille avait vu naître sa sœur quelques jours après son propre anniversaire. Pour simplifier les choses, leurs parents décidèrent de fêter les deux anniversaires le même jour, et choisirent pour cela celui de la puînée. L'autre se sentit terriblement frustrée ; on lui avait « volé », dit-elle, son anniversaire [...] Elle avait déjà souffert de l'arrivée de cette petite sœur, et maintenant elle détestait devoir partager avec elle son anniversaire. Il lui semblait que ses parents l'aimaient beaucoup moins que sa rivale ; et elle détestait aussi les cadeaux qu'elle recevait [1] [...]. »

Chaque enfant a besoin de se sentir différent et aimé dans ses différences. L'anniversaire, qui marque un repère important dans son histoire personnelle, est l'occasion de le lui montrer. Mais il y en a d'autres, bien sûr, plus quotidiennes. À vous qui connaissez bien votre enfant de lui témoigner combien ce qu'il a de singulier vous est précieux.

1. Bruno Bettelheim, *Pour être des parents acceptables*, Hachette littérature, 1998.

5

Quand l'aîné est jaloux...

À la naissance du deuxième enfant, tous les aînés ont à traverser l'épreuve de la jalousie. Pour combattre la peur de perdre l'amour de leurs parents, et pour conserver la première place dans leur cœur, ils font parfois des pieds et des mains. Certains sont même capables de monter des scénarios imaginaires, en espérant ainsi circonvenir ce qui les fait souffrir. C'est à nous parents de veiller à ce que l'aîné ne joue pas un rôle qui n'est pas le sien. De ce point de vue, il ne me paraît pas inutile de revenir à la signification de ce fameux droit d'aînesse, encore très présent dans les mentalités.

Quelques mots sur le droit d'aînesse...

D'où viendrait que, dans notre culture, nous accordons une importance particulière à l'aîné ?

Certes, cela tient au fait que le « premier » est celui qui vient couronner le couple, nous fait parents, et nous émerveille en mettant toute son énergie et tout son amour à grandir comme nous l'espérons.

Mais nous sommes aussi victimes des traces plus ou moins conscientes qu'ont laissées dans notre esprit certaines pratiques culturelles et politiques du passé. Traces qui peuvent être confusément transmises à l'enfant premier-né (surtout s'il s'agit d'un garçon) lequel croit alors que sa place le distingue, et qui confond sa place de naissance avec la place qu'il va se faire dans la vie...

Le droit d'aînesse dans l'histoire

Alors que les traditions franques et le droit romain prévoyaient un partage équitable des biens entre les enfants à la mort du père, le Moyen Âge introduit une différence de taille : au cours du XIIe siècle, c'est au fils, et en général à l'aîné, qu'on décide de donner l'avantage. Il hérite de l'essentiel des biens de son père, et surtout de sa terre qui évite ainsi d'être morcelée. Quel sort réserve-t-on aux autres ? Les filles reçoivent une dot et sont mariées. La plupart des cadets, s'ils sont nobles, sont écartés du patrimoine pour ne pas l'écorner et rejoignent l'Église. Quant aux puînés, les voilà au mieux gratifiés de biens secondaires, en général venus de leur mère.

« Cette évolution accompagne une prise de conscience lignagère », explique Claude Gauvard dans *La France au Moyen Âge*. « Avant, la parenté était "horizontale" : les frères comptaient plus que les ancêtres. À partir du XIe siècle, la parenté devient verticale : elle valorise la branche paternelle et l'aîné de la famille [1]. » Les choses s'accentueront encore dans ce sens quand les rois de France, interprétant à leur façon la loi salique, justifieront l'hérédité de la couronne de mâle en mâle par ordre de primogéniture.

Le favoritisme dont l'aîné bénéficie est remis en question au XVIIe siècle par les moralistes et les éducateurs, qui en contestent la pratique au nom de l'équité. Il est vrai que, à cette époque, s'affirme un sentiment nouveau : celui du droit de tous les frères et sœurs à l'affection des parents.

Voici par exemple ce qu'écrit en 1692 Groussault, éducateur cité dans le célèbre ouvrage de Philippe Ariès *L'enfant et la famille sous l'Ancien Régime* : « Il y a non seulement de la vanité à substituer la meilleure partie de son bien à l'aîné de sa famille pour le tenir toujours dans l'éclat et pour en éterniser le nom ; il y a même de l'injustice : qu'ont fait les cadets pour être ainsi traités [2] ? »

1. Claude Gauvard, *La France au Moyen-Âge*, PUF, 1996.
2. Philippe Ariès, « Portrait d'un honnête homme », in *L'enfant et la famille sous l'Ancien Régime*, Seuil, 1975.

Cette lutte contre la préférence manifeste aboutira à l'égalité du Code civil. Et les efforts déployés au XIXe siècle par quelques politiques pour rétablir les privilèges de l'aîné échoueront face à la très forte répugnance de l'opinion. Entre-temps, la famille considérée comme une « maison » (un nom et des biens) s'était muée en une cellule tirant prioritairement sa cohésion du sentiment...

Des responsabilités trop lourdes

N'empêche, la distinction de l'aîné perdure encore de nos jours, même dans l'imaginaire de l'enfant ! Et cela sous des formes diverses : quand nous chargeons implicitement l'aîné de la lourde mission de nous succéder (dans une voie professionnelle, à la tête de l'entreprise familiale, etc.) ou de réaliser des objectifs qui sont pour nous restés des rêves (« tu seras médecin parce que ton père ne l'était pas »), que faisons-nous d'autre qu'« avantager » de notre amour encombrant le premier de nos enfants ? Et quand nous l'investissons de responsabilités qui ne sont pas les siennes, mais les nôtres, comme de surveiller ou de protéger son petit frère ou sa petite sœur ; quand nous exigeons qu'il cède à la tyrannie des petits parce qu'il est plus grand, plus fort, plus raisonnable ? Nous lui demandons d'être l'aîné, ce qui pourtant ne devrait pas avoir d'autre sens que d'être un parmi les autres, né en tête de liste d'une famille de plusieurs. Les aînés n'ont pas à jouer le rôle de parents auprès des seconds. Mais, s'ils le font, c'est bien souvent parce qu'ils craignent de manifester trop ouvertement leur jalousie, comme en témoigne l'histoire suivante.

Ces aînés qui jouent aux parents

Stéphanie, treize ans, est la sœur aînée de Marc, huit ans. C'est pour Marc que les parents viennent me consulter : il travaille bien en classe, il se passionne pour le basket, mais il a des problèmes de sommeil. Le coucher du soir est toujours difficile, l'endormissement aussi, et les réveils nocturnes sont fréquents.

Par ailleurs, les parents m'apprennent que Stéphanie a très mal accepté l'arrivée d'un petit frère, et continue d'exprimer sa jalousie de manière imprévisible, agressive et très passionnelle ; paradoxalement, elle est aussi très enveloppante – au point de devenir envahissante pour Marc : elle lui parle avec une sollicitude bêtifiante, le couvre de baisers qu'il fuit... Bref, soit elle l'importune en le couvant, soit elle le provoque.

Protéger ses enfants de la jalousie

Quand je demande à la mère quelle est son expérience personnelle de la jalousie, voici ce qu'elle répond :

– Je suis la plus jeune de la famille, et cela a toujours été un problème aigu pour moi. Dès la naissance de Marc, j'ai eu ce souci constant à l'esprit, et je me suis montrée d'une vigilance de tous les instants. J'évite toujours qu'il y ait de la compétition entre Marc et Stéphanie. Vous comprenez, même à nos âges, mes sœurs aînées sont toujours aussi jalouses.

D. D. : *Comment réagissez-vous, depuis cette place de jalousée à laquelle vos sœurs vous ont fixée ?*

La mère : Eh bien... par exemple, je donne beaucoup, je fais naturellement beaucoup de concessions.

Le père : Surtout avec tes sœurs ! Tu n'arrêtes pas !

La mère : Oui, c'est comme si je devais justifier mon existence... Si je n'étais pas généreuse avec elles, elles pourraient me reprocher d'être née...

Le père : Et, du coup, elles sont de plus en plus jalouses.

« Toutes les grandes sœurs sont méchantes »

Marc a voulu venir seul dès le premier rendez-vous. Il est pâle, a les traits tirés, mais il est vif et semble en confiance avec moi. Aussi n'hésite-t-il pas à exprimer sa souffrance quand je lui propose de dessiner sa famille : sur la feuille, sa sœur occupe plus d'espace que le père et la mère...

Il commente :

– En premier, c'est Stéphanie. Elle est dure avec moi : dès que je rentre, elle m'envoie me coucher ! Elle peut pas me voir, il faut toujours que je disparaisse de sa vue, sinon elle trouve des mots pour m'embêter. Et quand je prends mon fouet, elle se défend... Je suis jaloux d'elle : elle a le droit de rester plus tard aux fêtes que moi... je fais du basket ; elle, elle aime pas ça... Là, sur le dessin, c'est moi avec un ballon... Et puis, voilà maman... Papa, je vais le mettre où ? À côté de moi. Entre maman et moi.

– Dis donc, Stéphanie prend vraiment beaucoup de place ! Tu l'a dessinée la plus grande de la famille !

– Parce que c'est la plus embêtante... Une fois, je suis parti une semaine vivre chez un copain. Sa sœur était méchante. Elle traitait mal tout le monde, même les plus petits que moi. J'avais pas imaginé que ça puisse arriver...

–Tu as peur que toutes les filles soient des grandes sœurs méchantes qui sont jalouses de leur petit frère ?

– C'est pas vrai ?

Être et *ne pas être jaloux*

Dans cette histoire, la mère veut protéger Marc de la jalousie de Stéphanie, mais aussi protéger cette dernière de sa propre jalousie... Ce double comportement ne facilite pas la vie de Stéphanie. D'un côté, elle veut rassurer sa mère en étant « enveloppante » avec Marc. Quand elle essaie de jouer à la maman avec lui, d'imiter sa mère en quelque sorte, c'est sa façon de lui dire : « Tu vois, maman, je ne suis pas jalouse. » Mais, d'un autre côté, elle sent bien que c'est parce qu'elle est jalouse que sa mère s'occupe particulièrement d'elle ! Alors, comment peut-elle s'en sortir ? Elle est prise dans les rets de ce que l'on appelle « la double injonction » : être jalouse *et* ne pas être jalouse.

Ainsi, en cherchant à apaiser la jalousie de l'un et de l'autre, les parents risquent en réalité d'en faire un problème chronique.

Quand l'aîné s'empêche de vivre sa vie

Si le premier-né ne dépasse pas cette nécessité imaginaire d'attirer l'attention pour être aimé plus que ses frère et sœur, pour être encore intéressant aux yeux de ses parents après les naissances qui auront suivi la sienne, la jalousie s'installe. Toute la vie adulte de l'aîné risque d'être perturbée s'il s'identifie au plus jeune au lieu de développer sa propre personnalité.

Le rêve de Laura, et l'entretien qui a suivi, sont à ce titre très parlants. Voilà pourquoi, même si Laura est une jeune femme et non une enfant, je cite son histoire dans cet ouvrage. Ce rêve aux allures anodines a permis de débusquer une problématique essentielle.

« Être l'aînée, c'est être le brouillon »

Laura : Dans mon rêve, on est en camping-caravaning. Je suis sur la couchette du bas, et ma sœur (sa cadette, plus jeune de cinq années) est sur la couchette du haut.

D. D. : *N'est-ce pas vous qui devriez être sur la couchette du haut ?*

– Oui, c'est vrai. Mais à l'époque des vacances familiales, je n'avais pas envie de grandir... Je ne parlais plus du tout alors que ma sœur parlait tout le temps. En fait, elle prenait ma place, la place de la grande sœur... En ce moment, elle est très épanouie, et je me dis que j'aimerais bien être à sa place. Quelque chose bloque en moi. Je ne me laisse pas aller, et c'est pour attirer l'attention de mes parents. Ils sont obligés de veiller sur moi depuis que je ne vais pas bien... Ma sœur a la vie en elle, avec elle ; moi, j'ai la vie, mais sans les fruits. Finalement je me vis comme le premier enfant, mais au sens d'un premier jet, d'un brouillon raté.

Place de naissance, place dans la vie

Laura : Mon père aussi est l'aîné de sa famille. Il veut toujours être le premier ! Le chef ! Pour tout ! Il confond la vie avec sa place de naissance... Ma sœur, elle réussit tout, comme lui, et moi, j'échoue là où il a voulu réussir.

D. D. : *C'est faire preuve de très bonne santé que de renoncer à être votre père !*

– Ah bon ? Alors ça, ça me cloue le bec...

– Votre bec de perroquet.

– Oui, de perroquet de mon père ! Il faut que je sois moi.

– Il faut ?

– Non. Je dois être moi.

– Je dois ?

– Ce serait bien que je sois moi.

– Qu'est-ce qui vous en empêcherait ?

– Les autres. Les gens que je prends pour des modèles. Tant que je ne suis pas comme eux, ça ne va pas...

– Pour vous, un modèle, c'est devenir comme lui. C'est-à-dire devenir quelqu'un d'autre que vous ?

– Oui, pour moi, c'est une obligation, un devoir... Et pourtant... je voudrais être naturellement moi... À l'étranger, j'y arrive, j'envoie promener mes modèles, mais ici, en France, c'est impossible. Je ne peux pas pourtant tous les éliminer !

– En France, soit vous voulez être sur la couchette du bas pour attirer l'attention, soit vous voulez être sur la couchette du haut, mais il faut être premier en tout !

– Oui, c'est ça. Je refuse d'être moi parce que je ne peux pas être quelqu'un d'autre. C'est une montagne à soulever, ce fonctionnement !

Le poids du modèle paternel

Les êtres humains sont ainsi faits qu'ils portent l'histoire de leur parenté. Lorsqu'un enfant tient la même place dans la fratrie que son père ou sa mère a tenue dans la sienne, il reprend à son compte les difficultés auxquelles ses parents, lorsqu'ils étaient enfants, n'ont pas pu trouver d'issue dynamique. Ainsi Laura, qui pour satisfaire son père, comme elle l'aîné de la fratrie, se fixe des objectifs impossibles à atteindre.

À ce sujet, voici une conte tunisien qui illustre merveilleusement cette difficulté :

Joha arrive à l'âge de quitter ses parents. Devant la maison familiale, il y a un chameau, accroupi, qui porte sur son dos les paniers déjà pleins de ses effets.

– S'il te plaît, lui dit Joah, ma mère voudrait que j'emporte ceci. Puis-je l'ajouter ?

– Vas-y, Joha, dit le chameau.

Et de nouveau, juste après :

– Je peux te rajouter une petite chose, chameau ? Tu comprends, c'est mon père qui...

– Vas-y, Joha.

Joha continue son va-et-vient, et chaque fois, le chameau répond : « Vas-y, Joha. » Alors, au énième ballot chargé, comme Joha s'inquiète que ce ne soit trop lourd, le chameau dit sur un ton paisible et rassurant :

– Ne t'en fais pas pour moi : de toute façon, je ne déménagerai pas d'ici.

Le chameau ne porte que ce qu'il peut porter, sinon, il refuse d'avancer. Imitons sa sagesse : ne prenons pas pour nôtres les ballots des autres. Nous ne pourrions qu'être cloués sur place, pris dans le désir de plaire, ou de réparer. Et nous ne pourrions pas assumer notre propre désir, dans la différence et l'autonomie.

Alors, comment aider l'aîné ?

Parlez-lui de la naissance à venir

Certains affirment que l'enfant « sait » avant sa mère que celle-ci est enceinte. De toute façon, très rapidement, il pressent inconsciemment un bouleversement important de votre vie et de la sienne. Sans compter qu'il vous entendra parler de votre grossesse, à mots couverts ou explicitement, lorsque vous l'évoquerez avec votre conjoint, votre famille, vos amis... Alors, autant mettre des mots sur ce qu'il devine, et ainsi préparer le terrain. Ces mots doivent être vrais, bien sûr, et répondre aux questions qu'il se pose sur la naissance (au besoin, revenez sur sa propre naissance, album de photos à l'appui) et sur votre future vie de famille. L'enfant s'imagine parfois que le nouveau venu va le chasser de la maison. Rassurez-le en lui expliquant que vous irez quelques jours à la maternité ou à la clinique pour l'accouchement, que vous rentrerez ensuite avec le bébé, et que toute la famille restera ensemble. Personne ne sera abandonné.

Vous ne faites pas un bébé pour lui

Non, vous ne lui avez pas fait un copain. On ne fait pas un deuxième enfant pour plaire au premier. En lui laissant penser que vous avez fait ce bébé pour lui, vous lui imposerez la responsabilité écrasante d'être content, voire de veiller sur le nouveau venu. Il risque d'annuler ses propres sentiments, d'avoir une parole, des actes qui ne sont pas en rapport avec son désir, de se construire une fausse personnalité.

Mieux vaut, au contraire, être honnête et reconnaître que, vraiment, un bébé, ce n'est pas très intéressant pour lui : « Ce n'est pas drôle pour toi que ton petit frère ne sache rien faire tout seul pour l'instant. Il mange quand je lui donne à manger... Il se couche quand je le couche... Il se promène si je le promène... Plus tard, ça s'arrangera peut-être ; peut-être que vous jouerez ensemble et que vous vous entendrez bien, ou peut-être pas. » L'important, c'est que chacun fasse grandir ses possibilités et respecte la vie dans l'autre.

Accompagnez-le en valorisant son âge

Nous avons vu que de petits symptômes apparaissent couramment chez l'aîné à l'arrivée d'un bébé : il perd l'appétit, fait pipi au lit (ou dans la culotte), recherche le conflit... Il peut donc momentanément être tenté de s'identifier au puîné puisque ses parents sont éblouis par ce petit être qui ne marche pas, ne parle pas, n'est pas propre, alors qu'ils ont applaudi quand il a fait ses premiers pas, dit ses premiers mots, renoncé à ses couches... Alors ? Est-ce que par hasard, malgré tout, il n'était pas plus intéressant quand il était un bébé, lui aussi ? C'est le moment de le féliciter chaleureusement quand il fait quelque chose de valorisant, et de lui montrer quels sont les avantages d'avoir l'âge qu'il a.

Quand vos enfants se disputent

Comme on ne sait jamais qui a commencé, ni pour quelle raison, en blâmant l'un plutôt que l'autre on risque de renforcer le sentiment d'injustice – et donc la jalousie. Surtout si on responsabilise l'aîné parce qu'il est grand – ou le garçon parce qu'il est plus fort que la fille, etc. Dans cet ordre d'idées, Valérie se souvient très bien des rages folles dans lesquelles la jetait sa mère quand survenait une querelle :

« Ce n'est pas moi qui ai commencé ! » disait-elle. « Je ne veux pas le savoir, répondait la mère. Tu es la plus raisonnable, tu n'as qu'à te débrouiller pour que ça n'arrive pas. » Et Jean Dutour racontait un jour qu'il ne supportait pas que ses parents lui disent : « Cède, tu es le plus intelligent. » Il ne voyait décidément pas pourquoi l'intelligence devait s'incliner devant l'imbécillité...

Pour calmer les enfants qui se disputent, il vaut toujours mieux écouter les plaignants. Pierre et Madeleine s'entendent comme larrons en foire, mais se distribuent facilement des mots « doux »..., voire des coups. Si leurs parents interviennent – forcément à contretemps –, la bagarre s'aggrave : les coups redoublent dès qu'ils se retrouvent seuls, et les doléances n'ont plus de fin... En revanche, si les parents se contentent d'écouter calmement celui des deux qui vient se plaindre, puis l'autre (qui ne manque jamais de donner sa version), s'ils prodiguent des paroles d'apaisement et d'encouragement à chacun, la situation s'arrange le plus souvent.

Si ça tourne vraiment mal entre vos enfants, séparez-les sans les punir et expliquez-leur qu'ils ne sont pas obligés de s'aimer ni de jouer ensemble, mais qu'ils sont obligés de se respecter et de se laisser vivre.

Ils ont fait des dégâts ? Inutile de chercher le coupable : tout le monde s'y met et répare. Les enfants comprennent ça très bien.

Comment on fabrique un faux « premier » avec des jumeaux

Je voudrais vous parler à présent des jumeaux. On pourrait croire que, dans ce cas, il n'y a pas de problème d'aînesse. Pourtant, ce n'est pas aussi simple.

Les parents de Christelle, sœur jumelle de Christine, viennent me consulter sur les conseils d'une orthophoniste : la petite fille est en effet suivie depuis deux ans pour dyslexie, mais celle-ci persiste.

Par ailleurs, Christelle était excellente élève de primaire. Aussi ses parents s'inquiètent-ils de voir, au collège, une simple gêne devenir un véritable handicap qui risque de perturber le brillant parcours de leur fille. Christine, quant à elle, ne présente pas de problème.

J'ai déjà eu l'occasion de préciser qu'on ne peut pas spontanément associer une maladie ou une difficulté caractérielle à un problème de jalousie. Si votre enfant est dyslexique, peut-être l'est-il pour d'autres raisons. Voyons néanmoins comment une petite fille jalouse peut devenir dyslexique pour signaler son malaise à son entourage.

Quand les parents marquent les rangs

D. D. : *Parlez-moi de Christelle à la maison...*

Le père : Christelle veut toujours être la chef.

La mère : Oui, elle tient beaucoup à être l'aînée. D'ailleurs, elle est née la première et elle est la plus forte physiquement. Déjà, dans mon ventre, elle grossissait au détriment de sa sœur. En première année de maternelle, elles étaient ensemble, puis, d'un commun accord, elles ont été séparées. Du coup, Christine réussit mieux.

D. D. : *Et quand elles jouent ?*

Le père : Christelle refuse son âge : elle veut toujours être avec les adultes. Et elle n'accepte les jeux et les compétitions qu'à condition d'être sûre de gagner.

La mère : Voilà ! Christelle n'accepte la différence avec sa sœur que si elle est à son avantage. Moi qui me réjouissais d'avoir des jumelles parce que je pensais que, comme ça, il n'y aurait pas de problèmes d'aîné... C'est raté !

Quelles que soient les ressemblances génétiques des jumeaux, leur différenciation passe inévitablement par le lien mère/enfant et père/enfant. Ce lien est tissé de toutes les paroles et de toutes les pensées des parents sur l'enfant, à propos de l'enfant. Ces paroles et ces pensées étant forcément différentes pour chacun des jumeaux, on peut dire qu'ils ont chacun un père et une mère différents. Ce qui est déjà vrai dans le cas de frères et sœurs séparés par l'âge est accentué dans le cas de jumeaux parce que les ressemblances apparentes soulignent les différences réelles ou supposées par les parents. Car la place des enfants se vit et dépend de l'idée qu'en ont leurs parents eux-mêmes. Autrement dit : l'enfant a tendance à devenir conforme à ce que l'on dit de lui.

Or, voilà ce que la mère de Christelle dit de sa fille : « Elle est la plus forte physiquement. Déjà, dans mon ventre, elle grossissait au détriment de sa sœur. »

Est-ce si important d'être l'aîné(e) ?

Écoutons maintenant l'écho que nous en renvoie Christelle.

D. D. : *Si tu me présentais ta famille en dessin ?*

– Je vais dessiner les pièces de la maison... Le salon avec la télé : là, c'est notre père, il la regarde dès qu'il rentre, nous, on n'a pas le droit. Là, c'est notre chambre, l'ordinateur. Ma sœur, elle est tout le temps dessus. La chambre de mes parents, où maman bouquine. Moi, je ne sais pas très bien où me mettre. Dans le couloir pour regarder la télé en cachette... ? Ou à côté de papa, sur le canapé du salon ? Oui, là, ça peut être maman ou moi.

– C'est difficile pour toi de trouver ta place. Et aussi de trouver la juste place des lettres dans un mot, la place des chiffres...

Christelle sourit et s'anime :

– Je voudrais être comme maman ! Vivre comme elle !

– Est-ce que tu as le souvenir d'avoir été heureuse ?

– Oh, oui ! Les cinq minutes où j'ai été seule à ma naissance ! Sans ma sœur ! Avant qu'elle arrive ! Dans le ventre de maman, je me dépêchais de manger les trois quarts, elle, il lui restait un quart !

D. D. : *Tu veux dire que tu* imagines *que tu voulais toujours avoir plus qu'elle dans le ventre de votre mère.*

– Elle est lente à table ; moi, je vais très vite.

– Mais oui ! Il y a des bébés et des enfants actifs, et d'autres tranquilles. Ils sont seulement différents. C'est une idée complètement imaginaire de dire que tu grossissais au détriment de Christine, comme si tu faisais exprès de manger plus qu'elle !

– Ah bon, c'est pas vrai ?

– Vous n'aviez pas le même placenta ! C'était impossible de lui prendre les trois quarts ! Vous aviez chacune quatre quarts à votre disposition.

– N'empêche que Christine est restée en couveuse.

– Encore une fois, chaque bébé est différent. Toi, tu avais la faculté de bien prendre dans ton placenta ce qui était nécessaire. Pour elle, apparemment, la vie était un peu plus difficile.

– Oui, mais moi, je suis l'aînée.

– Peut-être, peut-être pas. Dans certaines familles, la coutume veut que le premier né des jumeaux soit l'aîné, dans d'autres, c'est celui qui naît en second.

– C'est pas possible.

– Si. Mais l'important, ce n'est peut-être pas d'être l'aîné de la famille, ou le deuxième. C'est de faire sa propre vie.

Fausses préséances, mais vraies différences

Aucun des deux jumeaux n'est naturellement, spontanément, l'aîné, ou le plus fort, ou celui qui a « profité » (sous-entendu : aux dépens de l'autre). Les enfants ont un ordre d'arrivée qui ne donne au premier-né aucune prérogative, et une personnalité qui ne présuppose aucune supériorité de l'un sur l'autre.

À moins, bien sûr, que les parents – pour des raisons qui tiennent à leur histoire personnelle et dont ils n'ont pas forcément conscience – ne rentrent dans la tête des enfants des genèses et des préséances totalement imaginaires, ce qui entraîne l'aliénation de la vraie personnalité de l'enfant.

Il n'est pas possible d'accorder toujours le même degré d'attention, les mêmes mots, la même durée de jeu, la même intensité affective à tour de rôle aux deux jumeaux. Ce n'est pas dans le moins ou le plus, c'est dans la différence que la relation se construit. Non seulement chaque vie est singulière ; elle reçoit également des signaux singuliers.

6

Les plus jeunes : une place souvent enviée

Jalousés par les aînés, les petits derniers ont souvent du mal à se faire une place. Pourtant ils voudraient bien partager les jeux des autres, aller à l'école, veiller plus tard le soir. Alors, pressés de grandir, eux aussi sont jaloux !

Tout comme la jalousie des aînés est structurante pour la suite de leur vie, celle des derniers est le signe de leur vitalité. Soutenez-les dans ce désir de grandir : c'est la meilleure façon de les aider à s'affirmer dans leur personnalité, qui n'a rien à voir avec leur rang de naissance.

Le cadet : « petit » de l'aîné et aîné des « petits »

Coralie a dix ans. Elle est née après Anne, treize ans, et avant Clotilde, quatre ans. Les parents consultent parce qu'ils s'inquiètent de l'échec dans lequel s'installe Coralie depuis le CP : elle est le cancre de l'école, se fait souvent agresser, pleure tous les soirs et entre en conflit pour un rien. À cette attitude les parents répondent tantôt par des gronderies, tantôt par l'exaspération, tantôt par le maternage.

D'après la mère, les ennuis ont commencé à la naissance de Clotilde. Mais déjà avant cette date, Coralie avait dû faire face à la jalousie d'Anne qui, elle, excelle en classe, et ne lui laisse rien passer. Elles se disputent continuellement, et cela semble même s'envenimer depuis que Anne est entrée dans l'adolescence.

« Être au milieu, c'est le pire... »

Quand Coralie se présente, elle est au bord des larmes :

– J'ai trop de soucis avec Anne. Elle me donne tout le temps des ordres, elle me fait râler, elle adore ça ! Elle me traite de « petite nature », de mauviette... Mais, si je lui réponds, elle me tape, elle me fait très mal. En plus, on est dans la même chambre depuis la naissance de Clotilde. Pff ! Celle-là, elle n'a rien arrangé ! Anne ne veut jamais de moi, même quand je dors. Elle dit que je ronfle. Je trouve qu'être au milieu, c'est le pire. On est toujours obligé d'obéir : à l'aînée parce qu'elle veut toujours commander, et à la plus jeune parce qu'elle est trop petite pour comprendre. Moi, je regrette d'avoir grandi. Si j'étais restée bébé, les parents, ils n'auraient pas eu besoin d'en faire une autre.

« Toute le famille est contre moi »

Coralie dessine toute sa famille dans le sens inversé, du plus petit au plus grand, en commençant chaque personnage par les pieds.

D. D. : *Tu as certainement une raison à toi pour commencer les personnages par les pieds plutôt que par la tête.*

– Oui, j'aime pas faire les têtes.

– Les pensées sont dans la tête.

– Oui, mais moi, quand je pense, ça me rend malheureuse. Je pleure tout de suite. Alors, je commence par les pieds.

– Les pieds qui peuvent taper de colère ?

– Oui.

– C'est peut-être aussi pour toi une famille casse-pieds : sur le dessin, chacun écrase le pied du voisin...

– Je voudrais changer de famille. Anne, j'en ai plein la tête. Je voudrais l'écrabouiller.

– Oui, je comprends. Ici, tu peux dire toutes ces pensées qui te rendent malheureuse. Tu as une grande force de vie.

Coralie viendra me voir régulièrement, et sa vie va se transformer au rythme des séances. Ses parents disent assister à une « éclosion spectaculaire sur tous les plans ». Quant à Coralie, elle concluera : « Je pense vous dire au revoir, madame Dalloz. Je m'entends très bien avec tout le monde à la maison, et à l'école c'est super, même avec les casse-pieds ! »

Chacun son tour

Le cadet imagine souvent qu'il ne profite ni des avantages de l'aîné, ni de ceux des plus jeunes. « J'aurais voulu être le premier ou le troisième. Quand on est plus grand, on sait plus de choses, et quand on est plus petit, on est plus marrant », dit Antoine, résumant ainsi son sentiment d'être toujours défavorisé. Le cadet imagine que la place des autres est meilleure, et cela l'empêche de faire sa propre vie. Employer l'âge de chacun plutôt que les adjectifs « grand » et « petit » aide les enfants à être eux-mêmes selon les joies, les possibilités, les impossibilités et les réalités de chaque étape.

La petite chérie de sa maman

Depuis l'âge de un an, Julia, sept ans aujourd'hui, dernière d'une famille de six enfants, se réveille quasiment toutes les nuits. Elle s'endort difficilement, puis fait des cauchemars. Elle a toujours besoin d'être rassurée, surtout par sa mère. À l'école, elle ne trouve pas son équilibre : son père explique que les maîtresses de la maternelle ont mal supporté qu'elle sache lire à quatre ans (ses frères s'étaient amusés à le lui apprendre). Maintenant en primaire, Julia s'est résignée à la scolarisation mais n'y trouve aucun plaisir.

Pas vraiment la bienvenue...

Le père : Je n'ai pas vraiment désiré cette enfant. Il n'était pas question d'avorter, même si j'y ai pensé. L'arrivée inattendue de Julia, sept ans après la dernière, Johanna, a bouleversé notre organisation : ma femme et moi, nous avons dû laisser notre chambre aux deux filles. Nous, nous dormons dans un canapé-lit dans le salon... Et puis, Johanna est devenue difficile. Il a fallu la mettre en pension, tellement elle était jalouse et invivable. D'ailleurs, tous nos enfants manifestent beaucoup de jalousie à l'égard de Julia. Vous comprenez, c'est la petite dernière de sa mère...

Mère jalousée, mère protectrice

La mère : C'est vrai. Je dois la protéger de sa sœur. Johanna pourrait devenir dangereuse pour Julia, aussi bien en gestes qu'en paroles.

D. D. : *Vous avez connu ces mêmes difficultés, dans votre famille ?*

– Oui. Ma sœur aînée ne m'a jamais acceptée. Heureusement que ma mère m'a protégée d'elle ! Ce qui m'a tirée d'affaire, c'est de réussir mes études. Cela redoublait la jalousie de ma sœur, mais cette réussite-là, elle ne pouvait pas la nier ! Elle et moi, nous ne pouvons pas avoir de relations normales : son agressivité est redoutable. Elle cherche toujours à me casser aux yeux des autres. En fait, moins je la vois, mieux je me porte.

D. D. : *Vos enfants connaissent cette histoire ?*

– Oui, ils la connaissent bien. Je voudrais tellement leur éviter ça ! Seulement, je ne sais pas comment calmer Johanna ni protéger Julia. On dirait que c'est la même histoire qui recommence...

– C'est juste. C'est l'éternelle histoire de l'acceptation de l'autre, de la rencontre du nouveau, et de notre imaginaire jaloux que nous prenons pour vérité... Julia vient réinterroger votre histoire.

Dans cette histoire, la jalousie subie par l'enfant plus jeune provoque un réflexe de surprotection de la part d'une mère qui a elle-même souffert de la jalousie de sa sœur aînée. Cette surprotection maintient l'enfant dans le cocon maman-bébé, ce qui fait passer Julia pour la préférée, la petite chérie de sa maman, et lui vaut un déchaînement supplémentaire de jalousie de la part de ses frères et sœurs, dont elle a déjà beaucoup bousculé les habitudes par le seul fait d'être née.

« La plus petite, c'est personne... »

Lorsque je fais la connaissance de Julia, elle refuse de venir seule dans mon bureau et de quitter sa mère. Je les reçois donc toutes les deux. Ensuite, elle préfère la pâte à modeler au dessin et modèle un personnage asexué.

Pendant ce temps, sa mère me parle de la semaine qui a séparé le premier rendez-vous (celui où j'ai reçu les parents seuls) et notre séance d'aujourd'hui : Julia a fait des nuits complètes, me dit sa mère, et ne s'est pas réfugiée dans le salon pour être plus près de ses parents... C'est alors que Julia nous interrompt :

– Vous parlez trop. Je ne peux pas dire ce que je veux.

D. D. : *Chez toi, c'est comme ça ? Tu ne peux pas parler ?*

– La plus petite n'a pas le droit à la parole... sauf quand je fais des colères, parce que, là, ça embête tout le monde.

– Excuse-moi d'avoir parlé avec ta mère. C'est vrai que cette séance, c'est pour toi, pour que nous fassions connaissance. Et pour que, ensuite, tu puisses décider, toi toute seule, si tu veux que je t'aide.

– Bon, c'est pas grave que tu aies parlé. Je ne vais pas faire de colère.

– Tu veux me parler de ton modelage ?

– Oui... c'est personne... On va couper les mains... Plus de mains... on va couper les gros muscles... Plus de muscles... On va couper la tête... Plus de tête... On va couper les jambes... Plus de jambes... Voilà.

– Ça pourrait être qui, cette personne qui ne pourrait pas vivre, à qui « on » a tout coupé ?

Julia se lève et répond :

– Je te le dirai la prochaine fois.

– Entendu... Avant de partir, tu peux me dire si tu veux que je garde cette personne dans cet état, ou autrement, pour le prochain rendez-vous ?

– Tu peux la réparer si tu veux.

« J'embête toute la famille d'être née »

La séance suivante, Julia réclame toujours la présence de sa mère et prend tout de suite la boîte de pâte à modeler. Sur le couvercle, j'ai placé le personnage reconstitué de la dernière séance.

Julia : Cette personne, c'est moi.

D. D. : *Je comprends. Dis, comment se fait-il qu'il soit impossible de savoir si c'est un garçon ou une fille ? Toi, qui es-tu ?*

– Je suis une fille. Ça aurait été mieux si j'avais été un garçon... Je vais faire autre chose, aujourd'hui : je vais te montrer ce qui me fait peur tout le temps.

À ce moment, c'est la mère qui se précipite sur la pâte à modeler et la malaxe en disant : « On va l'écraser. »

D. D. : *Qui est ce « on » ?*

La mère : Oh, c'est une façon de parler...

– Oui, mais ça jette la confusion. C'est vous *qui modelez, pas une personne indéterminée. Ça me fait penser au bonhomme de Julia, votre façon de parler.*

Julia : Ça, c'est un loup femelle : elle me mord les fesses, elle est toujours cachée sous ma chaise. Il n'y a que moi qu'elle veut embêter... Si j'étais un loup, je pourrais aller la mordre ! Mais là... je ne peux rien faire pour me défendre.

– *Tu passes ton temps à avoir peur ?*

– Oui... Bon, je dessinerai la prochaine fois.

Au rendez-vous suivant, Julia vient avec son père, qui d'ailleurs va rester au salon.

Julia : J'ai fait beaucoup de cauchemars de loup... Je dessine une montagne... Moi, je suis en haut de la montagne, et le loup, il viendrait encore me mordre les fesses quand même.

D. D. : *Le loup, il ne veut pas que tu sois une fille ?*

– Le loup, c'est Johanna. J'aurais voulu qu'elle soit petite comme un escargot. Elle veut toujours me tuer ! Je vais courir... Je la transforme en escargot... Elle est bête, elle se laisserait faire, elle croirait qu'en escargot elle serait plus forte.

– *Johanna aurait voulu rester la seule fille de la famille, sûrement. Elle a eu peur que tu lui prennes sa place. Elle croit, dans son imaginaire, que tu l'empêches de vivre sa vie à elle.*

– Tu sais, il y a des gens qui ne veulent pas de bébé... je vais me laisser manger par le loup parce que j'embête toute la famille d'être née...

Le regard des autres

D. D. : *C'est vrai, il y a des naissances qui dérangent. Pour tes parents, tu as été une surprise. Mais ils respectent et aiment la vie en toi, même si tout le monde s'est serré pour te faire de la place. Johanna, elle, a encore peur. Elle a peur de ne plus être aimée comme avant ta naissance...*

– Des fois, je sais pas pourquoi, je voudrais avoir des yeux partout sur moi pour surveiller.

– Tu as dû avoir peur de voir beaucoup d'yeux pas gentils sur toi.

– Oui, c'est vrai... Tu sais, j'ai trouvé un truc : je vais me mettre à côté de papa à table.

– Mais oui ! Il va t'aider à être Julia de sept ans. Tu as imaginé que, pour être protégée, il ne fallait pas grandir, qu'il fallait rester un bébé accroché à sa maman. C'est ça qui embête tout le monde.

– Je n'ai plus envie de faire le bébé.

– Je suis contente pour toi.

– Bon, c'est la dernière fois que je viens. Je vais aller chercher papa pour le lui dire.

Devant son père, Julia reprend :

– Ça va, maintenant. Je n'ai plus besoin de voir madame Dalloz. Je ne vais plus t'embêter avec les loups et les sorcières. J'ai dit à madame Dalloz qu'il y a des gens qui ne veulent pas de bébé parce que ça les dérange : je sais que c'était embêtant que je sois née...

– C'est vrai, au début, je n'étais pas content. Je me suis dit : comment allons-nous faire pour loger tout le monde ? Changer d'appartement, c'était trop dur... Mes parents aussi, quand je suis né, ont eu ce souci : j'étais le petit dernier, comme toi, et le logement de mes parents était minuscule. Mais ils ont trouvé une place pour moi. Les grands ont rouspété, bien sûr...

– Je pourrais me mettre à côté de toi, à table ?

– Je serai très content.

Aider le dernier à se faire une place

L'enfant intensément jalousé peut être orienté vers une existence négative pour lui, comme Julia qui veut « se laisser manger par le loup ». Si cette jalousie ne trouve pas d'issue, il n'aura de cesse d'essayer de justifier son existence, de se faire aimer, de se faire accepter. Il va développer une hypersensibilité aux autres, une attention spontanée – qui déclenchera un redoublement de jalousie à son égard. Il sera pris dans l'engrenage du « tout faire bien pour ne pas risquer de reproche ». Et lorsqu'il y aura conflit, il s'effondrera... Car comment peut-on traverser la jalousie, ou en sortir, quand on passe son temps à s'en défendre ? La fragilité de ces êtres jalousés est grande, ils sont à vif, ils ne s'autorisent aucune créativité personnelle ou, dans les meilleurs cas, la multiplient en la réactivant sans cesse.

C'est pourquoi nous devons les aider à trouver leur place et à s'épanouir. Puisqu'ils sont si attentifs au regard des autres, montrons-leur qu'ils sont désirés et soutenons leurs aînés afin qu'ils les acceptent.

Quand le petit est jaloux des grands

Les puînés ne font pas que subir la jalousie. Souvent aussi, ils l'expriment à l'égard de leurs aînés parce qu'ils veulent faire les mêmes choses qu'eux et qu'ils ne le peuvent pas. Pour obtenir ce qu'ils désirent, ils font parfois de gros caprices devant lesquels vous êtes peut-être désarmés. Rassurez-vous. Ces colères de frustration ne sont d'aucune gravité. Le « je veux » d'un enfant n'est pas un ordre : il « voudrait » avoir, ou faire, ceci et cela, et c'est bien normal. Nous-mêmes, adultes, nous avons le droit de rêver. Alors, plutôt que de céder, mieux vaut l'aider à patienter. Attendre son tour est structurant : c'est ce qui lui donnera envie de grandir.

Redonnez à chacun sa place : il est plus petit en âge et en taille, mais vous êtes fier de lui, de sa vie, de son âge. Et ouvrez-lui des perspectives : lui aussi, un jour...

Et quand il y a vraiment un « chouchou »... ?

Après tout, ce cas de figure n'est pas à écarter. Peut-être avez-vous une « préférence » pour l'un de vos enfants; des affinités avec lui que vous ne vous reconnaissez pas avec l'autre (ou les autres). Ou bien une tolérance pour les travers de l'un alors que les défauts de l'autre vous exaspèrent. Cette préférence date-t-elle de toujours ? Ne s'est-elle pas déclarée à une période particulière de votre vie, et de la vie de chacun de vos enfants ? À quoi tient-elle ? Surtout à quelle facette de votre propre histoire renvoie-t-elle ? Peut-être vous sentez-vous plus proche d'un enfant qui vous ressemble ? Mais pourquoi ne pas admirer un enfant tellement différent ?

7

Frères ou sœurs « différents »

Peut-être avez-vous un enfant qui a plus de difficultés que les autres et dont l'éducation nécessite une attention toute particulière de votre part. Cela risque de susciter nombre de questions de la part de ses frères et sœurs : « Pourquoi passes-tu plus de temps avec lui ? Pourquoi es-tu moins sévère avec lui ? » etc.

C'est une situation difficile pour tout le monde. Mais, en laissant vos enfants s'exprimer et en leur expliquant la situation, vous pouvez les accompagner dans leur traversée de la jalousie.

Voyez l'histoire de Mathieu et de Jean.

Mathieu, onze ans, trisomique, et Jean, neuf ans

Mathieu est scolarisé dans un établissement spécialisé où il progresse lentement. De son côté,

Jean est un enfant particulièrement doué, vif et talentueux. Si ses parents me consultent, c'est qu'ils lui trouvent un caractère difficile : en effet, Jean pleure à la moindre remarque, fait des reproches continuels à ses parents, et menace même de fuguer !

« C'est pas moi qui l'ai fait ! »

Seul avec moi, Jean exprime très vite sa révolte :

– J'en ai marre ! Papa passe son temps à défendre Mathieu contre moi ! Ça me donne envie de prendre mon argent et d'aller vivre en solitaire !

D. D. : *Où voudrais-tu aller ?*

– J'sais pas. J'suis déjà parti, mais j'suis obligé de revenir quand il fait nuit. Si la police me trouve, qu'est-ce qui arrive ?

– La mission de la police, c'est de ramener les enfants à leurs parents.

– Vous croyez que je pourrais aller en pension ?

– Certainement. En as-tu parlé à tes parents ?

– Maman, ça la fait pleurer... Mais moi, j'en ai marre qu'ils me grondent chaque fois que Mathieu fait des bêtises.

– Je comprends comme tu souffres d'être jaloux de Mathieu, jaloux de ne pas être mongolien pour pouvoir faire des bêtises sans être forcément grondé...

– Oui, c'est pas juste. Je suis peut-être pas mongolien, mais je prends tout ! Mes parents sont dégueulasses.

– Tu leur en veux que ton frère aîné soit mongolien ?

– C'est eux qui l'ont fait ! C'est pas moi ! Et c'est moi qui prends !

– C'est vrai que tu n'étais pas né à la naissance de Mathieu. T'ont-ils raconté comment cela s'est passé et comment ils ont su que Mathieu était trisomique ?

– Non.

– Veux-tu que nous en parlions tous ensemble ?

– Oui, je veux bien.

– Je demanderai à tes parents de t'accompagner tous les deux à un prochain rendez-vous.

Des parents qui n'en parlent pas...

Voilà comment les parents s'étaient expliqués lors de leur demande d'aide :

Le père : Jean a des attitudes inquiétantes. Par exemple, il est très doué pour les jeux de ballon. Nous l'avons donc inscrit dans un club de foot. Il a voulu arrêter ! Figurez-vous qu'il s'accusait de mal jouer et de faire perdre son équipe !

La mère : C'est vrai, il se dévalorise. Il ne cesse de répéter qu'il est nul ! Il n'est pas sûr de lui alors qu'il réussit tout très bien.

D. D. : *Et à la maison, entre frères, comment ça se passe ?*

La mère : Ils s'entendent assez bien, mais Jean n'aime pas faire venir des amis à la maison. Je le sens gêné. Ça lui fait honte, les réflexions de ses copains sur son frère.

– Comment pouvez-vous l'aider à ce sujet ?

La mère : Pour nous aussi, ça a été douloureux. Dès la naissance, le diagnostic a été posé. Pour moi, le choc a été terrible. Pendant une année, j'ai été présente-absente. Dieu merci, Mathieu était un bébé paisible, il paraissait prêt à attendre que je l'aime. C'est lui qui nous a aidés. Oui, je me rends compte aujourd'hui combien il nous a apporté. Seulement, le regard des autres a été longtemps pénible pour nous. Alors, je comprends ce que peut ressentir Jean.

– Lui avez-vous parlé de cette difficulté ?

Le père : Non. Ce n'est pas facile de trouver les mots. J'ai tendance à faire diversion quand je sens que le problème se pose...

– Quand vous faites « diversion », quel sentiment voulez-vous l'aider à dépasser ?

Le père : La honte... Alors qu'il n'y a pas de honte à avoir.

La mère : Vous comprenez, Mathieu était notre premier enfant. Nous voulions un enfant idéal. Bien sûr, il n'y a pas d'enfant idéal, mais avant de l'accepter, c'est du boulot !

Le père : Mathieu est un enfant particulier, comme Jean est un enfant particulier. C'est ce que nous croyons voir dans le regard des autres qui nous est difficile à dépasser. Je vais essayer d'en parler à Jean. Je vais essayer de ne plus faire diversion, de ne plus faire comme si lui n'avait pas à traverser cette souffrance-là.

– *Oui, nier l'évidence est souvent un mécanisme de défense, pour faire comme si ce qui nous dérange n'existait pas. C'est une manière répandue de barrer le chemin à la honte. Il est possible que Jean soit dans cette phase que vous-mêmes avez traversée : la honte d'avoir honte.*

La mère : C'est pénible pour moi de penser que Jean doit subir cette épreuve.

– *Toute histoire à ses épreuves. Vous allez pouvoir l'aider en lui parlant de votre difficulté par rapport à Mathieu.*

Chaque être humain est « particulier »

Les parents vont reprendre avec beaucoup d'émotion le récit de la naissance de Mathieu : le diagnostic, son imprévisibilité et le temps qu'il leur a fallu pour accepter la réalité... Quand ils abordent la place que Mathieu a pris dans leur vie, Jean se met en colère :

– Voilà ! Vous l'excusez toujours, et c'est moi qui prends les engueulades ! C'est pas juste !

D. D. : *C'est vrai que c'est très difficile pour tes parents de vouloir toujours protéger plus leur fils aîné que leur fils plus jeune.*

À la séance suivante :

Jean : D'accord, je suis un peu jaloux de Mathieu quand on se dispute parce que c'est toujours moi qui me fais engueuler.

D. D. : *Parfois, tu voudrais être Mathieu ?*

– Oui, c'est pour ça que je dis toujours que je suis nul. C'est pour qu'ils s'occupent de moi et qu'ils ne me grondent pas.

– Tu penses que tes parents ne peuvent aimer que des enfants « nuls » ?

– Oui, c'est pour ça aussi que certains jours je ne travaille pas. Je voudrais avoir des mauvaises notes pour que mes parents m'excusent, pour qu'ils m'aiment. Mais quand j'ai des mauvaises notes, ils m'engueulent aussi !

Il se tait un instant.

– Cette nuit j'ai fait un cauchemar : j'étais dans un tunnel ; il y avait un œil terrible qui me regardait. Si je sortais, j'allais être paralysé, transformé en raton-laveur, en petit animal qui peut être mangé par les autres.

– Peut-être que tu voudrais tellement être Mathieu que tu rêves de ne pas grandir, de ne pas te développer, et même de devenir un petit être vivant tout faible qu'il faudrait protéger comme tes parents protègent Mathieu...

Jean semble ravi.

– Pourquoi Jean s'interdit-il d'être Jean ? De faire sa vie de Jean ? Chaque être humain est particulier. Tu t'inquiètes d'imaginer que tes parents ne peuvent pas aimer deux enfants différents. Nous pourrons en reparler.

Différent, mais pas inférieur

Lorsque Jean revient, il est plus détendu, plus gai. Dans la salle d'attente, ses parents me disent que toute la famille a passé une bonne quinzaine. Et, une fois seul avec moi, Jean laisse exploser ses sentiments :

– L'autre jour, les parents ont privé Mathieu de télé pendant une semaine. Qu'est-ce qu'il a chialé ! Il chialait, il chialait... Un vrai bébé !

D. D. : *Bien sûr. Ton frère aîné n'a pas le même développement que toi. Il ne sait pas, même s'il a onze ans, qu'une semaine, c'est sept jours. Il croit que c'est très long.*

– Il chialait comme si c'était pour toute la vie ! Maman a levé la punition le quatrième jour. Elle a bien fait. C'est vrai que ce n'est pas pareil.

– Tu as raison. Ce n'est pas pareil. Mathieu, c'est Mathieu, Jean, c'est Jean.

– Pour moi, l'école, c'est facile.

– Oui, quand tu apprends, tu as de très bons résultats. Tu as déjà compris plus de choses de la vie que Mathieu, même si tu es plus jeune que lui. Ce sera comme ça toute la vie... Mathieu, pourtant né avant toi, aura beaucoup plus de difficultés à apprendre les matières scolaires, les règles des jeux. Seulement, ça ne l'empêche pas d'être sensible, d'aimer, d'être aimé, d'exprimer tous les sentiments.

– Oui, mais mes copains, ils y comprennent rien. Ils croient toujours que c'est moi l'aîné.

– Ça t'ennuie ?

– C'est pas vrai, je suis pas l'aîné, et j'aime pas leurs questions. Ils disent : qu'est-ce qu'il a, ton frère, il est gogol ? J'ai envie de leur casser la gueule !

– Tu en as parlé à ton père ?

– Oui, on a bien rigolé, parce que lui aussi il m'a dit qu'il avait souvent envie de casser la gueule aux gens, et on n'a pas de potion magique comme Astérix et Obélix !

Enfants pas comme les autres : quelques pistes

Parents, n'hésitez pas à vous faire aider et accompagner psychologiquement. Le handicap d'un enfant, c'est, après l'émotion et l'espoir de la naissance, voire des débuts de la vie, un assombrissement qui fait souffrir et qui a besoin d'être dit.

À ce sujet, Françoise Dolto écrit : « Plus les parents peuvent parler des sentiments contradictoires de confiance et de désespérance, de révolte et d'amour qui se pressent et provoquent images de mort ou images d'infirmité qu'effacent les images magiques d'annulation du mal, plus le handicap que l'enfant a à assumer sera dépouillé de charge d'angoisse imaginaire, et mieux ce bébé pourra vivre, et vivre humainement son handicap, voire le surmonter, et peut-être à en stopper l'éventuelle évolution. [...] Tout ce qui aide ses parents dans leur épreuve angoissante aide l'enfant handicapé à assumer son épreuve. [...] *(Les chemins de l'éducation).*

Considérez votre enfant comme un enfant plutôt que comme un enfant handicapé. Ne l'excluez pas des activités familiales pour le soustraire au regard des autres, ou pour le protéger de dangers qui sont peut-être avant tout des dangers imaginaires, nés de vos angoisses de parents.

Parlez du handicap qu'il assume à ses frères et sœurs, et laissez-les vous en parler. Mais n'en faites pas un critère de distinction à l'intérieur de la fratrie : chacun doit se sentir apprécié dans ses efforts et reconnu dans ses besoins, sans que la « différence » banalise les résultats des enfants non handicapés tandis qu'elle promotionnerait ceux de l'enfant handicapé.

En guise de conclusion

Nous voilà arrivés à la fin de cet ouvrage. J'espère qu'il vous a éclairés sur la jalousie et ce qu'elle réveille en chacun de nous, parents. Car vous accompagnerez d'autant mieux la jalousie de votre enfant si vous comprenez en quoi elle fait écho avec votre histoire personnelle. Ce n'est pas toujours évident. Nous n'aimons pas penser que nous avons été jaloux, encore moins que nos enfants le sont. Pourtant la jalousie devient plus facile à admettre si on la reconnaît pour ce qu'elle est : un sentiment humain des débuts de la vie qui naît à la rencontre de l'autre et qui s'apaise une fois accepté le fait qu'il ne s'agit pas d'être l'autre (ou d'avoir ce qu'il a), mais de faire sa propre vie.

Je terminerai par l'histoire de Gregory. Comment dire mieux que cet enfant le passage de l'avoir à l'être ?

Gregory était l'aîné d'une famille de trois enfants. Sa famille, ses professeurs ne savaient plus comment faire, tellement il était difficile. En fait, Grégory était très malheureux, car il s'imaginait que ses parents ne pouvaient plus l'aimer autant depuis la naissance des deux autres. Après quelques séances avec moi, il arrive un jour triomphant et me dit en ouvrant la porte du bureau : « Madame Dalloz, j'ai tout compris : l'amour, c'est pas du camembert ! » Interloquée et ravie de le voir si heureux de sa découverte, je lui demande des explications.

– Voilà, me dit-il, j'adore le camembert. Avant la naissance de mon frère et de ma sœur, papa et maman voulaient bien que je mange la moitié tandis qu'ils se partageaient l'autre. Maintenant mon frère et ma sœur aiment aussi le camembert, alors je n'ai plus qu'un petit morceau. C'est pour ça, je croyais que l'amour, c'était comme le camembert : plus on était, moins on en avait !

– Maintenant que tu as compris que l'amour n'est pas du camembert, qu'est-ce que c'est, à ton avis ?

Gregory prend une feuille et dessine un cœur :

– Je ne peux pas vous le dessiner vraiment parce que, en vrai, l'amour, ça serait un cœur avec un élastique qui craque jamais ; plus on met de l'amour dans le cœur, plus il y a de la place dans le cœur.

Gregory est ravi. Il agrandit le cœur par des contours successifs :

– Vous comprenez pourquoi l'amour, c'est pas du camembert ?

Références bibliographiques

M. Balmary, *Le sacrifice interdit,* Éd. Grasset, 1986.

P. Beauchamps, *Études sur la Genèse. L'Eden,* chap. IV, Faculté de théologie de Fourvière, Lyon, 1971.

A. Cohen, *Belle du Seigneur,* Gallimard, 1998.

B. Cyrulnik, *Les nourritures affectives,* Éd. Odile Jacob, 1993.

B. Cyrulnik, *Comment l'épigenèse permet-elle à l'histoire de façonner la biologie.* Colloque du 14 juin 1997.

F. Dolto, *L'image inconsciente du corps,* Seuil, 1984.

F. Dolto, *Origine du narcissisme dans les expériences cynestésiques. Au jeu du désir,* Seuil, 1981.

F. Dolto, *Inconscient et destins,* Seuil, 1988.

F. Dolto, *La difficulté de vivre,* Interédition, 1981.

E. George, *La surprise de sa vie,* une nouvelle inédite parue dans *Le Monde.* Presses de la Cité, août 1997, traduite par Dominique Whatwiller.

A. Green, *Narcissisme de vie, narcissisme de mort,* Éd. de Minuit, 1983.

J. Kristeva, *Étrangers à nous-mêmes,* Gallimard, 1988.

J. Lacan, *Le stade du miroir comme formateur de la fonction du Je,* Écrits, Seuil, 1949.

D. Vasse, *Inceste et jalousie,* Seuil, 1995.

D. Vasse, *Se tenir debout et marcher,* Gallimard, 1995.

Remerciements

À Annie Grosser, sans laquelle ce livre n'aurait jamais vu le jour.

Je tiens aussi à rendre particulièrement hommage et à dire ma reconnaissance à Denis Vasse. Ses derniers séminaires avec Paul Beauchamps au Centre Sèvres et à Lyon ont très largement inspiré les réflexions et le travail contenus dans ces chapitres.

Je tiens également à remercier Mme Marie-Cécile Ortigues et le groupe de travail qui a approfondi autour d'elle les questions soulevées par la répétition. Ce même groupe s'est retrouvé pour travailler les questions posées par nos approches cliniques autour de la jalousie. Que tous en soient profondément remercié.

Table des matières

Composé et mis en pages par DV Arts Graphiques à Chartres,
cet ouvrage a été achevé d'imprimer
par l'Imprimerie Floch – 53100 Mayenne
en août 2003, pour le compte de Bayard Éditions

Dépôt légal : août 2003 - N° d'édition : 2519
N° d'impression : 57709
Imprimé en France